CURSUS

Klassenarbeitstrainer 3

mit Lösungen

Zu den Lektionen 33–40

Ausgabe A

Herausgegeben von Michael Hotz und
Prof. Dr. Friedrich Maier

Bearbeitet von Michael Hotz und
Prof. Dr. Friedrich Maier

C.C.Buchner Verlag, Bamberg
J. Lindauer Verlag, München
Oldenbourg Schulbuchverlag, München

Cursus, Ausgabe A
Herausgegeben von Michael Hotz und Prof. Dr. Friedrich Maier

Klassenarbeitstrainer 3
mit Lösungen
Zu den Lektionen 33–40
Bearbeitet von Michael Hotz und Prof. Dr. Friedrich Maier

Die Veröffentlichung dieser Hilfen zur Vorbereitung auf Klassenarbeiten wäre nicht möglich geworden, wenn nicht Kolleginnen und Kollegen von ihnen erarbeitete Prüfungsaufgaben zur Verfügung gestellt hätten. Diese sind hier, mehr oder minder verändert, zusammengestellt und mit Lösungen versehen worden. Herausgeber und Bearbeiter bedanken sich ganz herzlich bei den „Aufgabenstellern", u. a. bei Josef Braun, Andrea Brem, Christian Czempinski, Birgitta Elendner, Dr. Thomas Feicht, Eva Friedel, Arndt Galleithner, Stefan Koll, Dr. Michaela Krell, Karin Laqua, Daniel Lauber, Jürgen Proske, Arthur Rost, Maria und Hans Dietrich Unger, Brigitte Würth.

Bildnachweis

Titelbild: bpk-Bildagentur / Scala - courtesy of the Ministero Bene e Att. Culturali
akg-images / Bildarchiv Steffens - S. 40
akg-images / De Agostini Picture Library - S. 38
akg-images / De Agostini Picture Library, G. Dagli Orti - S. 14
Bridgeman Images / Bridgeman Art Library, Walters Art Museum, Baltimore - S. 27
Ulrich Schnitzer - S. 30

1. Auflage, 1. Druck 2019
Alle Drucke dieser Auflage sind, weil untereinander unverändert, nebeneinander benutzbar.

Redaktion: Andrea Forster
Illustration: Peter Knorr, Nierstein
Umschlagkonzept: Mendell & Oberer, München
Umschlaggestaltung: Erasmi + Stein, München
Layout und Satz: Checkplot, Liersch & Röhr, Berlin
Druck und Bindung: creo Druck & Medienservice GmbH, Bamberg

www.ccbuchner.de
www.oldenbourg.de

ISBN 978-3-661-40120-1 (C.C.Buchner Verlag)
978-3-637-02342-0 (Oldenbourg Schulbuchverlag)

Liebe Schülerin, lieber Schüler!

Du kennst das sicher aus eigener Erfahrung: Wenn du Sport betreibst und vor einem wichtigen Wettkampf stehst, willst du dich möglichst gut und intensiv auf diesen Wettkampf vorbereiten. Ganz ähnlich ist es mit der Vorbereitung auf eine Klassenarbeit. Während du im Sport dein Augenmerk auf Kraft, Ausdauer oder Schnelligkeit legst, konzentrierst du dich bei der Klassenarbeit auf Merkfähigkeit, Genauigkeit und Kombinationssicherheit. Und weil du im Sport wie bei der Klassenarbeit erfolgreich sein willst, ist es wichtig, dass du dich durch Wiederholung und Übung gezielt darauf vorbereitest.
So hast du mit dem vorliegenden Klassenarbeitstrainer die Möglichkeit, den „Ernstfall“ der Prüfung zu simulieren, d.h. du kannst dich in die Form und den Schwierigkeitsgrad der Klassenarbeiten genau einarbeiten und deinen Wissensstand sowie deine Übersetzungsfähigkeit selbst testen. Denn sowohl die Übersetzungsaufgaben wie auch die Zusatzaufgaben sind konsequent auf die Lektionsstoffe des CURSUS in Wortschatz, Grammatik und Sachteil abgestimmt. Bei jeder Aufgabe ist angegeben, bis zu welcher Lektion des Lehrbuchs der Stoff (Grammatik, Wortschatz und antike Kultur) reicht. Damit kannst du dich punktgenau und mit mehreren Übungsarbeiten auf jede Klassenarbeit vorbereiten.
Für jede der zwei Unterrichtssequenzen von Lektion 33-40 stehen dir elf Prüfungsaufgaben zum „Trainieren und Testen“ zur Verfügung. Ein Teil dieser Prüfungsaufgaben besteht nur aus einer Übersetzung, die anderen Trainingsarbeiten bestehen aus einer Übersetzung und einem Aufgabenteil, in dem Aufgaben zum neuen Grammatikstoff, zum Grundwissen und zum Bereich „Antike Kultur und ihr Fortleben“ gestellt sind. Enthält einer der Übersetzungstexte 1–11 auch fakultativen Grammatikstoff, ist eine Textvariante ohne diesen Stoff in Klammern in blauer Schrift angeboten. Die Übersetzungstexte 12–22 sind in der Regel in zwei Versionen mit, z. B. ★ 13, und ohne fakultativen Stoff, z. B. 13, dargeboten. Auch im Aufgabenteil sind Aufgaben zu fakultativen Grammatikstoffen mit einem Sternchen gekennzeichnet (z. B. ★ 5). Hier gibt es dann entsprechend eine alternative Aufgabe ohne diesen Stoff (z. B. 5); du brauchst also jeweils nur eine der beiden Aufgaben zu lösen.
So kannst du also nicht nur intensiv deine Übersetzungsfähigkeit und deine Wortschatzkenntnisse testen, sondern auch systematisch „abchecken“, ob du den neuen Grammatikstoff oder dein Sach- und Kulturwissen, wie es auf den Info- und Kulturseiten im Lehrbuch geboten ist, beherrschst.
Die Übersetzungstexte sind mit Rücksicht auf die oft von Schule zu Schule unterschiedlichen Prüfungsanforderungen bewusst in unterschiedlicher Länge gestaltet. Es ist jedoch empfehlenswert, die lateinischen Texte immer in ihrer ganzen Länge zu übersetzen.
Zu einem gut geplanten Trainingsprogramm gehört es auch, dass man für jede Trainingseinheit die Zeiteinteilung koordiniert. Bei deinem Klassenarbeitstraining solltest du pro Einheit ca. 45 Minuten einplanen. Dabei ist es sinnvoll, für die Bearbeitung des Aufgabenteils etwa ein Viertel bis ein Drittel der gesamten Zeit, also ca. 10–15 Minuten, vorzusehen. Trotzdem ist es auch wichtig, dich bzw. deinen Arbeitsrhythmus während der Arbeit zu beobachten. Dadurch bekommst du auch ein Gefühl für die richtige Zeiteinteilung während der Prüfung.
Die deutschen Übersetzungen der lateinischen Texte findest du ebenso wie die Lösungen der einzelnen Aufgaben im beigelegten Lösungsteil. Er soll dir zur Kontrolle deiner Arbeitsergebnisse dienen, aber auch dazu, eventuell vorhandene Wissenslücken zu schließen. Schreibe dir z. B. alle Vokabeln, die du bei der Übersetzung nicht gewusst hast, mit allen Bedeutungen in einer Liste zusammen oder erstelle eine „Grammatik-Checkliste“ mit allen Formen, Konstruktionen etc., bei denen du Wissenslücken oder auch nur Unsicherheiten bemerkt hast. Arbeite diese dann mithilfe deines Buches und der Begleitgrammatik noch einmal gründlich durch. Auf diese Weise kannst du deinen Trainingsplan optimieren und bist dann, wenn es darauf ankommt, fit für jede Prüfung.
Viel Erfolg!

1 Übersetzung *(ohne Zusatzaufgabe)* bis Lektion 34

Wettkämpfe in Olympia

1. Iter facere volumus Olympiam[1]; Olympia[1] enim clarissimum locum Graeciae[2] fuisse traditum est.
2. Eo temporibus veterrimis[3] iuvenes studio certandi incitati convenerunt.
3. Ibi enim athletae[!] contenderunt se meliores praebere ceteris.
4. Unusquisque eorum vincendo sibi gloriam parare conatus est (temptavit).
5. Sed ludis Olympiis[4] tum etiam poetas[5] et philosophos[!] interfuisse scimus.
6. Poetae[5] arte carmina canendi id egerunt, ut a spectantibus valde celebrarentur.
7. Plurimis athletis[!] contigit, ut[6] in patria aut a civibus aut a regibus pecuniam acciperent.
8. Philosophos[!] vero artem cogitandi et loquendi (dicendi) praestantes[7] neque honoribus neque pecuniae studuisse putamus.
9. Ei tantum cupiditate cognoscendi adducti res naturae contemplari (spectare) solebant.
10. Qui autem Olympiae[1] victoriam pepererant, eos Graeci[8] ut deos admirati sunt (coluerunt).

104 (102) LW

1) **Olympia, -ae**: Olympia *(Stätte der Olympischen Spiele)* 2) **Graecia, -ae**: Griechenland
3) **veterrimus, -a, -um**: *Superlativ zu* **vetus** 4) **Olympius, -a, -um**: olympisch 5) **poeta, -ae**: Dichter
6) **contingit** (*Perf.* **contigit**), **ut** *(m. Konj.)*: es gelingt, dass 7) **praestare**: zeigen 8) **Graeci, -orum**: die Griechen

2 Übersetzung *(ohne Zusatzaufgabe)* bis Lektion 34

Lohn des Sieges

1. Graeci[1] clarissimos athletas[!], qui Olympia[2] vicerant, summis honoribus affecerunt.
2. Iam Olympiae[2] ii, qui ex plurimis civitatibus eo venerant, athletas[!] egregium studium certandi offerentes valde admirabantur (libentissime spectabant), athletas[!] autem se optimos in certando praebentes maximis laudibus efferebant.
3. Et ei athletae[!], qui celerius cucurrerunt et fortius pugnaverunt quam ceteri, ibi statim coronis[3] donabantur.
4. Sed, cum Olympiae[2] victores in civitates suas redibant, eos cives laetissimi recipiebant.
5. Ei inter cives suos maiore gloria gaudebant ceteris.
6. Tum etiam poetis[4] dabatur occasio verendi (colendi) victores clarissimis carminibus.

79 LW

1) **Graeci, -orum**: die Griechen 2) **Olympia, -ae**: Olympia *(Stätte der Olympischen Spiele)* 3) **corona, -ae**: Kranz
4) **poeta, -ae**: Dichter

3 A) Übersetzung

bis Lektion 34

„Ich hab's gefunden!"

1. Hieronem tyrannum[1] Archimedi dixisse traditum est: „Puto me ab aurifico[2] deceptum esse.
2. Vereor (Timeo) enim, ne coronae[3] aureae, quae ab illo facta est, argentum[4] additum sit.
3. Hortor (Moneo) te, ut verum de ea re acerrime cogitando invenias. Contemplare (Specta) coronam[3] diligentissime!
4. Post paucos dies Archimedes cupiditate inveniendi verum incensus casu in balneum[5] iit ibique statim in solium[6] descendit.
5. Subito animadvertit tantum aquae[7] e solio[6] effluere[8], quantum corporis[7] sui in solio[6] insedit[9].
6. Archimedes gaudio commotus e balneo[5] properavit domum maxima voce clamans: „Inveni! Inveni!"
7. Eum feliciorem esse ceteris cives putabant. Non frustra de ea re cogitare conatus est (temptavit). 95 (94) LW

1) **Hiero (-onis) tyrannus, -i**: der Tyrann Hieron *(Gewaltherrscher von Syrakus)* 2) **aurificus, -i**: Goldschmied
3) **corona, -ae**: Kranz, Krone 4) **argentum, -i**: Silber 5) **balneum, -i**: Badeanstalt 6) **solium, -i**: Badewanne
7) **aquae – corporis**: an Wasser – an Körper 8) **effluere**: herausfließen 9) **insidere** (*Perf.* **insedi**): sich hineinsetzen

B) Aufgabenteil

SPRACHE

1 Ergänze die Lücken in den Steigerungsreihen durch die jeweils richtige Form. 3 BE

	Positiv	Komparativ	Superlativ
1		sanctior	sanctissimus
2	pulchra	pulchrior	
3	magnum		maximum

★ **2 a** Erkläre mithilfe deiner Grammatikkenntnisse, weshalb es sich bei der Form *conare* nicht um einen Infinitiv handeln kann. 2 BE

____

b Bestimme die Form *conare*, indem du Person, Numerus und Genus verbi angibst und übersetze sie. 3 BE

____

2 a Benenne den Kasus der unterstrichenen Wörter. 1 BE

____

a) Homines boni nobis maximo gaudio sunt.

b) Hominibus miseris semper auxilio venimus.

b Nenne jeweils die Fragen, mit denen du nach den unterstrichenen Wörtern fragst. 2 BE

______________________ ______________________

c Übersetze die Sätze. 2 BE

a) ____

b) ____

★ 3 Ordne die folgenden Verbformen von Deponentien richtig zu. 2 BE

contemplamini
potiti erant
verita est
loquuntur

Präsensstamm	Perfektstamm

3 Führe zwei der englischen Wörter aus dem folgenden Satz auf das jeweils zugrunde liegende lateinische Wort zurück und gib dessen deutsche Bedeutung an. 2 BE

In this case we have to protect the children.

Englisches Wort	Lateinisches Wort	Deutsche Bedeutung

GRUNDWISSEN

★ 4 Erläutere kurz, was Deponentien ihrer Bezeichnung nach „abgelegt" haben. 2 BE

____

4 Nenne den berühmten Philosophen, der im Jahr 399 v. Chr. in Athen zum Tode verurteilt wurde und den, der seine Ideen schriftlich der Nachwelt weitergegeben hat. 2 BE

____

ANTIKE KULTUR

5 Erkläre die (unterstrichenen) Fremdwörter, indem du das zugrunde liegende lateinische Wort in seiner Grundform und mindestens eine passende deutsche Bedeutung angibst. 2 BE

Beispiel: Sie hatte eine große Autorität.	auctoritas	Ansehen/Einfluss
Um das Spiel heute zu gewinnen, müssen wir maximale Leistung bringen.		
Und taktisch müssen wir sehr variabel spielen.		

6 Gib an, wann die ersten Olympischen Spiele der Antike stattfanden. 1 BE

____

7 „Gib mir einen Standpunkt außerhalb der Erde, und ich will sie bewegen."
Gib an, von wem dieser Satz stammt, und erläutere kurz, was der Sprecher damit ausdrücken wollte. 3 BE

____

____

Gesamt: 18 BE

4 Übersetzung *(ohne Zusatzaufgabe)* bis Lektion 35

Tod eines Erfinders

1. Archimedes, vir arte res novas inveniendi clarissimus, Syracusis[1] vitam agebat.
2. Aliquando Marcellus, Romanorum dux, illud oppidum, cum fortissimis omnium militibus uteretur (cum fortissimi omnium milites pugnae interessent), tamen expugnare non potuit.
3. Ille enim civibus urbis auxilio venerat inveniendo maxima tormenta[2].
4. Neque Syracusanis[3] contigit, ut impetum hostium semper arcerent.
5. Romani enim arte belli gerendi meliores erant Syracusanis[3].
6. Syracusis[1] autem potitus (Syracusis[1] autem expugnatis) Marcellus militibus vehementissime imperavit:
7. „Conamini (Studete) Archimedem capere! Sed parcite eius vitae!"
8. At frustra hortatus est (monuit). Unus enim e militibus duci non paruit.
9. Nam Archimedem gladio interfecisse traditur (Eum enim … interfecisse traditum est), dum is formas[4] in arena[5] scriptas contemplatur (spectat) et istum hominem maxima voce ita arcere conatur (temptat):
10. „Noli disturbare circulos meos[6]!" 99 LW

1) **Syracusae, -arum**: Syrakus 2) **tormentum, -i**: Schleudermaschine, Wurfgerät 3) **Syracusani, -orum**: die Syrakusaner, Bewohner von Syrakus 4) **forma, -ae** *(hier)*: Figur 5) **arena, -ae**: Sand 6) **Noli disturbare circulos meos!**: Störe meine Kreise nicht!

5 A) Übersetzung

bis Lektion 35

Olympia im Zentrum

1. Ludis Olympiis[1] homines ex omnibus Graeciae[2] partibus in clarissimum Peloponnesi[3] locum profecti (, qui ex omnibus Graeciae[2] partibus in clarissimum Peloponnesi[3] locum venissent,) certamina[4] pulcherrima contemplabantur (spectabant).
2. Dum ludi aguntur, per legem tota Graecia[2] pax facta esse traditur (pacem factam esse traditum est).
3. Nam cum athletae[1] victoriae pariendae causa gravissimos labores subibant, spectantes ubique quietem esse volebant.
4. Victoria autem non tantum athletis[1] maiori gloriae esse solebat, sed etiam civitates eorum victoria suorum feliciores et praeclariores esse videbantur ceteris (civitates ... esse ceteris omnes putabant).
5. Itaque in patria victores amplissimis praemiis donabantur.
6. Etiam poetae[5] eis, qui victoriam pepererant, canendo carmina egregia gloriam quam maximam tribuere conabantur (temptabant). 82 (85) LW

1) **Olympius, -a, -um**: olympisch 2) **Graecia, -ae**: Griechenland 3) **Peloponnesus, -i**: die Peloponnes *(griech. Halbinsel)* 4) **certamen, -minis**: Wettkampf 5) **poeta, -ae**: Dichter

B) Aufgabenteil

SPRACHE

★ 1 Socrates sapientissimus fuisse dicitur.
Du hast drei verschiedene Möglichkeiten, diesen Satz ins Deutsche zu übersetzen.
Wende sie an und schreibe sie auf. 3 BE

a) ______________________________

b) ______________________________

c) ______________________________

1 Benenne die drei Vergleichsstufen eines Adjektivs mit ihren Fachbegriffen. 3 BE

______________ ↗ ______________ ↗ ______________

2 Suche aus den folgenden Wendungen diejenigen mit Gerundiumformen heraus und übersetze sie. 3 BE

diligenti amico – ars vivendi – magna prudentia – ad merendum – repente fugientes – amicum ridentem – amando prudentiam

____

____

3 Gib zur folgenden Gerundivum-Wendung zwei unterschiedliche, aber stilistisch passende Übersetzungen ins Deutsche an. 2 BE

patriae liberandae causa

1. ______________________________

2. ______________________________

4 Nenne zwei verschiedene Möglichkeiten, mit denen du die Wendung *athletae*[1] *celerrimi* übersetzen kannst. 2 BE

____________________ ____________________

GRUNDWISSEN

5 Erläutere kurz, worin der Unterschied zwischen einem Gerundium und einem Gerundivum-V besteht. 2 BE

____

____

ANTIKE KULTUR

6 Die Olympischen Spiele der Antike waren nicht nur eine reine Sportveranstaltung. Nenne den Aspekt, der ursprünglich im Vordergrund stand, und belege deine Aussage mit einem Beispiel. 2 BE

____

____

7 Sokrates zu einem Freund: „Na, mein Bester, du hast wohl noch nicht gehört, dass ich die Kunst einer Hebamme beherrsche."
Erkläre, was Sokrates mit dieser Aussage eigentlich meint. 3 BE

____

____

____

8 Nenne den Namen des antiken Genies, von dem der Ausruf „Heureka!“ stammt. 1 BE

____

Gesamt: 18 BE

6 A) Übersetzung

bis Lektion 35

Diogenes

1. Diogenes philosophus[1] clarissimus fuisse traditur.
   (Diogenem philosophum[1] clarissimum fuisse traditum est.)
2. Nemo enim felicius vivebat eo, cum in dolio[1] miserrimam vitam ageret.
3. Aliquando in foro urbis lucernam[2] manu ferendo ambulavisse fertur (eum in foro ... ambulavisse ferunt).
4. Cives ei appropinquabant interrogandi causa.
5. Unus ex eis locutus est (dixit): „Diogenes, cur clara luce lucernam[2] tecum fers? Quid invenire conaris (studes)?“
6. Alius dixit: „Num ita res melius contemplari (spectare) potes ceteris? Num rem malam passus es (res mala tibi accidit)?“
7. Alius addidit: „Fortasse iste luce in dolium[1] suum ferenda se feliciorem facere vult. Nonne tibi beneficio tribuendo adesse possumus?“
8. Sapientissime Diogenes respondisse videtur: „Mihi auxilio opus non est. Hominem enim quaero.“ 90 LW

1) **dolium, -i**: Fass 2) **lucerna, -ae**: Laterne

B) Aufgabenteil

SPRACHE

Lies den folgenden dir bekannten Textabschnitt aufmerksam durch.
Bearbeite dann die folgenden Aufgaben.

Ein Philosoph denkt über die Rollen von Kindern und Eltern bei der Erziehung nach ...
Nonnulli liberi tyranni sunt: Ad operas ferendas parati non sunt. Voluptatibus curam dant libenter, sed non libris legendis. Parentes tamen in iuventute docenda hoc unum debent videre: Neque poenis imponendis neque verbis faciendis, sed bono exemplo liberos ad virtutem ducunt. Verba docent, exempla trahunt.

1 Schreibe aus dem Text zwei Beispiele für eine Gerundivum-Konstruktion heraus. 4 BE

____

____

2 Gib aus dem Text einen Ablativ des Mittels an. 1 BE

___

3 Bestimme die Form *voluptatibus* (Z. 1) 2 BE

___

4 Untersuche, welcher der folgenden Sätze den Sinn des letzten Satzes des Textes treffend wiedergibt. Kreuze die einzige richtige Lösung an. 2 BE

- Bei der Erziehung der Kinder hilft alles Reden nichts. ☐
- Worte reißen mit, ein gutes Vorbild belehrt. ☐
- Worte belehren die Kinder, ein gutes Vorbild aber reißt mit. ☐
- Worte statt Taten! ☐

5 Arbeite aus dem Text heraus, was der Philosoph am Verhalten der Kinder kritisiert (zwei Aspekte genügen). 4 BE

___

___

___

___

6 **a** Philosphen gelten als kluge, ja weise Menschen. Gib an, wen das Orakel in Delphi in der Antike als den weisesten Menschen bezeichnet hat. 1 BE

___

b Erläutere, welche Gründe das Orakel dazu bewogen haben, diesen Mann als den weisesten zu bezeichnen. 4 BE

___

___

___

___

Gesamt: 18 BE

7 Übersetzung *(ohne Zusatzaufgabe)* bis Lektion 36

Sokrates und die Jugend

1. Socrates maximam diei partem aut in gymnasio[1] aut in foro versabatur (ambulabat).
2. Ibi cum iuvenibus non tantum de bonis et malis moribus vehementissime loquebatur (disserebat), sed etiam de optimo modo iuste et beate vivendi.
3. Docebat enim homini semper cogitandum esse, quid et ad vitam bene agendam et ad rem publicam optime administrandam necessarium sit.
4. Sed frequentissime quaerendo et dando praecepta Socrates iram hominum ita incitavit, ut eum apud iudices accusarent[2].
5. Cives contendisse traduntur (Traditum est cives contendisse) Socratem animis iuvenum nocere novis rebus docendis et moribus maiorum neglegendis.
6. Itaque iudices Socratem capitis damnandum[3] et in carcerem[4] abducendum esse iudicaverunt.
7. Ibi ei mox poculum veneni[5] sumendum fuit.
8. Ille philosophus[!] hodie quoque plurimis hominibus admirationi esse videtur. (Illum philosophum[!] hodie quoque plurimis hominibus admirationi esse apparet.)

109 (110) LW

1) **gymnasium, -i**: Sportschule 2) **accusare**: anklagen 3) **capitis damnare**: zum Tode verurteilen 4) **carcer, -is**: Kerker 5) **venenum, -i**: Gift

8 Übersetzung *(ohne Zusatzaufgabe)* bis Lektion 36

Sokrates' Auftrag

1. Socrates Athenis[1] semper in foro et in gymnasio[2] versabatur (ambulabat).
2. Ibi quaerendo et interrogando animos civium maxime excitavisse fertur. (Ibi eum ... animos civium maxime excitavisse ferunt.)
3. Omnibus diebus paratus erat ad disserendum cum iuvenibus de rebus humanis et divinis[3].
4. Se autem civem bonum praebebat et fortissime in acie pugnando et munera cum fide praestando.
5. Imprimis autem se ad homines docendos natum esse existimabat.
6. Itaque homines meliores facere conabatur (studebat) non praeceptis, sed exemplo quam optimo.
7. Sed philosophis[!] prioribus restitit docens:
8. „Caelum non inspiciendum est neque stellae[4] contemplandae (spectandae) sunt.
9. Res humanae philosopho[!] vero quaerendae sunt.
10. Quid bonum, beatum, iustum putandum est?
11. Quis homo vere humanus appellandus est?"

12. Itaque a Socrate philosophia[1] de caelo ad terram devocata[5] esse videtur.
(Itaque a Socrate philosophiam[1] de caelo ad terram devocatam[5] esse apparet.) 108 LW

1) **Athenae, -arum**: Athen 2) **gymnasium, -i**: Sportschule 3) **divinus, -a, -um**: göttlich 4) stella, -ae: Stern
5) **devocare**: herabrufen, herabholen

9 A) Übersetzung

bis Lektion 36

Keine Schonung für den Meister

1. Marcellus, dux Romanorum, Syracusis[1] potitus (Syracusis[1] expugnatis) milites vehementissime hortatus est (monuit): „Archimedi[2] omni modo parcendum est."
2. Credebat enim illi viro propter eius egregiam artem inveniendi moriendum non esse.
3. Is autem urbis servandae causa ingentissimas machinas[3] ad moenia defendenda exstruxerat eisque hostes diu ab urbe arcuerat.
4. Tamen milites Romani fortissime pugnando Syracusas[1] invaserunt.
5. Sed Archimedes[2], dum in figuris[4] in arena[5] scribendis occupatus est, urbem captam esse non sentiebat.
6. Subito miles Romanus eum gladio petivit.
7. Archimedes[2] autem crudelissimam mortem passus esse traditur.
(Archimedem[2] autem crudelissimam mortem subisse/tulisse traditum est). 79 (78) LW

1) **Syracusae, -arum**: Syrakus 2) **Archimedes, -is**: Archimedes 3) **machina, -ae**: Maschine 4) **figura, -ae**: Figur, Form
5) **arena, -ae**: Sand

B) Aufgabenteil

SPRACHE

1 Wähle jeweils die Form im richtigen Kasus aus dem Kasten so aus, dass ein korrekter lateinischer Satz entsteht. 2 BE

omnes – omnem – omnium – omnibus

liberi – liberis – liberos – liberorum

a) ______________________ imperatori parendum est.

b) ______________________ parentes amandi sunt.

2 Erstelle drei verschiedene Übersetzungsvarianten des folgenden Satzes. 3 BE

Leges servandae sunt.

1. ____

2. ____

3. ____

3 Wähle aus den folgenden Gerundivumformen die Formen so aus, dass sich ein korrekter und sinnvoller lateinischer Satz ergibt. Trage sie in die Lücken ein. 3 BE

parendum – comprehendendo – solvendum – arcendi – petendae – praestandi

Hostes ab urbe ______________________ sunt.

Dominis semper ______________________ est.

Legati pacis ______________________ causa venerunt.

4 Folgende Wendungen finden sich häufig in lateinischen Texten.
Nenne ihre deutsche Bedeutung. 2 BE

satis verborum ______________________

Quid auxilii? ______________________

GRUNDWISSEN

★ **5** Nenne das Zeitverhältnis, das der Infinitiv Präsens und der Infinitiv Perfekt im NcI jeweils angibt. 3 BE

____

5 Gib an, um welche Sinnrichtung des Genitivs es sich bei der unterstrichenen Form handelt und übersetze den Satz. Mit welcher Frage lässt er sich erschließen? 3 BE
In cena magna copia <u>ciborum</u> praebetur.

____

____

ANTIKE KULTUR

6 Benenne die Gottheit, die diese Statue darstellt.
Begründe deine Aussage, indem du das Attribut beschreibst, durch das die Gottheit identifiziert werden kann. 3 BE

____

____

____

____

____

7 Skizziere in knappen Worten, weshalb Sokrates für die Geschichte der Philosophie von so entscheidender Bedeutung ist. 2 BE

___

___

___

Gesamt: 18 BE

10 A) Übersetzung

bis Lektion 36

Sokrates' Protest

1. Socrates sciebat, quid philosophi[1] priores natura cum cura inspicienda invenissent.
2. Sed eis summa arte disserendi restitit[1].
3. Nam cum in foro aut in gymnasio[2] versabatur (ambulabat), frequentissime cum iuvenibus ita locutus esse traditur (eum frequentissime cum iuvenibus ita dixisse traditum est):
4. „Causae rerum naturae ab illis philosophis[1] cognitae nihil ad vitam beatius, melius, iustius agendam utiles sunt.
5. Proinde vobis istorum virorum scientia sequenda (accipienda) non est.
6. Sed praecepta eorum, qui moribus bonis docendis operam[3] dant, praeferenda sunt."
7. Talibus orationibus vero Socrates animos civium excitavisse videtur. (... Socratem animos civium excitavisse apparet.)
8. Itaque ei, cum capitis damnatus[4] esset, poculo veneni[5] moriendum erat. 84 (85) LW

1) **resistere** (*Perf.* **restiti**): Widerstand leisten, sich entgegenstellen 2) **gymnasium, -i**: Sportschule
3) **operam dare** (*m. Dat.*): sich bemühen (um etw.) 4) **capitis damnare**: zum Tod verurteilen 5) **venenum, -i**: Gift

B) Aufgabenteil

SPRACHE

1 Gib an, ob es sich bei den folgenden Wendungen um ein Gerundium oder Gerundivum handelt. Begründe deine Entscheidung. 4 BE

	Gerundium/Gerundivum?	Begründung
ad librum legendum		
defendendo		
ad dicendum		
in hostibus arcendis		

2 Verwandle die Imperativform in einen Gerundivum-„Befehl“, indem du die passende Form auswählst. 2 BE

solvendo – solvendum est – solventium – ad solvendum

solve → ____________________

★ **3** Erkläre, was der Infinitiv Präsens und was der Infinitiv Perfekt bei einem NcI angibt. 2 BE

____

____

3 Erkläre, was der Infinitiv Präsens und was der Infinitiv Perfekt bei einem AcI angibt. 2 BE

____

____

4 Gib die folgenden lateinischen Verbindungen mit einem deutschen Wort wieder. 2 BE

ars dicendi → ____________________

facultas fugiendi → ____________________

GRUNDWISSEN

5 Erkläre, weshalb Archimedes als der bedeutendste Erfinder der Antike galt. 2 BE

____

____

____

____

ANTIKE KULTUR

6 Erläutere kurz, weshalb Ärzte auch heute noch ein Gelöbnis ablegen, das auf dem „Hippokratischen Eid“ basiert. 2 BE

____

____

____

____

7 Du bist in den Ferien mit deinen Eltern in Athen. Dort liest du auf einer Infotafel am Fuße der Akropolis folgenden Text. Sofort merkst du, dass dem Verfasser des Textes vier Fehler unterlaufen sind.
Finde sie heraus und nenne die richtige Information.

> Die Akropolis war einst der Burgberg von Athen. Unter Perikles wurden dort einige prächtige Bauwerke errichtet. Sie sollten allen Besuchern ein Zeichen für die Stärke der neuen Staatsform in Athen, der Monarchie, sein. Das berühmteste ist der Tempel der Athene, das Pantheon. In seinem Inneren befand sich eine weltberühmte Statue der Göttin, die ganz aus Ton geformt war. Ihr Schöpfer war der bekannte Bildhauer Sokrates.

4 BE

____

____

____

____

____

Gesamt: 18 BE

11 A) Übersetzung

bis Lektion 36

Hippokrates

1. Hippocrates omnium clarissimus medicus fuisse videtur.
   (Hippocratem omnium clarissimum medicum fuisse apparet.)
2. Nam dedit et hominibus praecepta vitam sane agendi et medicis praecepta aegrotos[1] optime sanandi[2].
3. Beate vivendi causa homini maxima cura utendum esse scripsit non tantum ad vires corporis exercendas, sed etiam ad corpus abstinentia curandum.
4. Nimiam enim copiam vini vitandam esse, sed frequentissime frigidam aquam bibendam esse docuit.
5. Diu etiam in agris versandum est (ambulandum est).
6. A medico aegrotis[1] sua sanandi[2] arte omni modo auxilium ferendum est.
7. De omnibus rebus autem, quae in domo aegroti[1] vidit aut audivit, medico cum aliis numquam loquendum (dicendum) esse praecepit.

88 LW

1) **aegrotus, -a, -um**: krank 2) **sanare**: heilen

B) Aufgabenteil

SPRACHE

1 Gib die Koordinaten derjenigen Formen bzw. Wendungen an, die eine Gerundivumform enthalten. 3 BE

Beispiel: D 4

	A	B	C
1	solvendo	ad urbem delendam	amico praecipienti
2	corpus exercendum est	multa inveniendo	in causis quaerendis
3	docendo discere	ars narrandi	hostes nocentes

____

2 Nenne für jede Wendung mit *quam* die richtige Übersetzung. 3 BE

a) Amicam, QUAM vidi, … ______________

b) QUAM plurimi adfuerunt. ______________

c) Venus pulchrior QUAM Minerva est. ______________

3 Erkläre das (unterstrichene) Fremdwort, indem du das zugrunde liegende lateinische Wort in seiner Grundform und mindestens eine passende deutsche Bedeutung angibst. 3 BE

Beispiel: Sie hatte eine große Autorität.	auctoritas	Ansehen/Einfluss
Ich bin mir sicher, heuer gewinnen wir den Champions-League-Pokal.		
Dafür ist es aber extrem wichtig, in der Verteidigung sicher zu stehen.		

GRUNDWISSEN

4 Nenne die Frage, mit der sich ein Genitiv der Teilung erschließen lässt. 1 BE

____

ANTIKE KULTUR

5 Nenne das jeweilige Datum der ersten Olympischen Spiele der Antike und der Neuzeit. 2 BE

______________ ______________

6 Verfasse einen Text, der die unten stehende Abbildung erklärt, indem du die wichtigsten Informationen in den Kasten einträgst. 3 BE

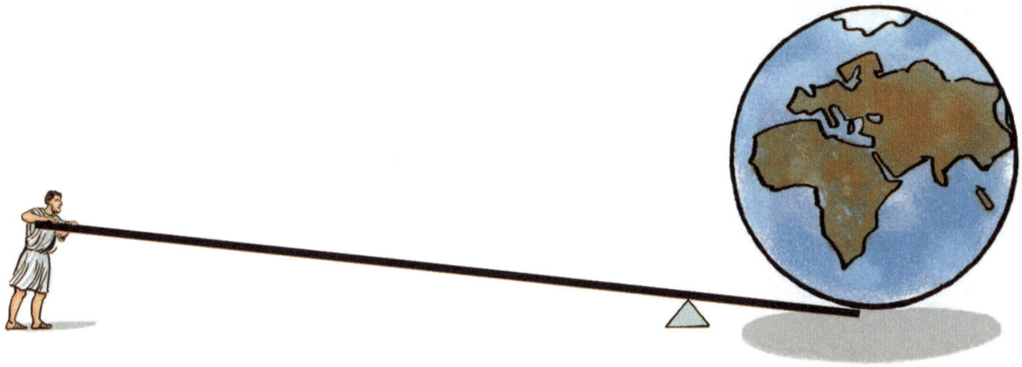

7 Der Philosoph Sokrates wurde nach eigenen Angaben von einer „inneren Stimme“ geleitet. Gib an, wie er sie bezeichnete, und beschreibe kurz, welche Funktion sie für ihn hatte. 2 BE

8 Nenne den Namen der Gottheit, unter deren Schutz die Ärzte in Rom arbeiteten. 1 BE

Gesamt: 18 BE

★ 12 A) Übersetzung

bis Lektion 37

Cicero gegen Verres

1. „Tu, Verres, ut barbarus e Sicilia[1] omnia artificia[2] rapere ausus es.
2. At ne confisus sis te impunitum[3] futurum esse!
3. Ne quis credat a se tantam iniuriam fieri posse, quantam iste fecit!
4. Quid faciam? Te, homo pessime, in hac curia[4] vehementissime accuso.
5. Patres conscripti[5], quam turpissima facta ista bestia[5] civibus Siciliae[1] attulit!
6. Damnetis eum capitis[7] aut pellatis eum ex Italia!
7. Ne revertatur in villam suam, sed abducatur in carcerem[8]!
8. Tu, Verres, descendas ad inferos[9], ut ibi gravissima tibi fiat poena in aeternum!" 81 LW

1) **Sicilia, -ae**: Sizilien 2) **artificium, -i**: Kunstwerk 3) **impunitus, -a, -um**: unbestraft
4) **curia, -ae**: Kurie *(Sitzungsgebäude des Senats)* 5) **patres conscripti**: Senatoren 6) **bestia, -ae**: wildes Tier, Bestie
7) **capitis damnare**: zum Tod verurteilen 8) **carcer, -is**: Kerker 9) **ad inferos**: zu den Unterirdischen, in die Hölle

B) Aufgabenteil

SPRACHE

Lies den folgenden dir bekannten Textabschnitt aufmerksam durch.
Bearbeite dann die folgenden Aufgaben.

Soldaten Alexanders des Großen haben einen Piraten gefangen. Dieser lässt ihn nicht hinrichten, sondern beginnt ein Gespräch mit ihm:

Alexander: „Dicas mihi: Qua ex causa ausus es toto mari rapinas *(rapina: Raubzug)* facere tanta audacia, ut mare intutum[1] fiat *(fiat: er, sie, es wird)*?" Pirata: „Verumne dicam?" – Alexander: „Dicas! Ne veritus sis!" Pirata: „Ex eadem *(idem, eadem idem: der-, die-, dasselbe)* causa, qua tu totum orbem terrarum intutum[1] facere soles. At ego latro *(latro: Räuber)* vocor, tu quidem imperator."

★ 1 Schreibe aus dem Text je ein Beispiel für einen Optativ, Deliberativ und Prohibitiv heraus. 3 BE

_______________ _______________ _______________

1 Ergänze die fehlenden Formen der Stammformenreihe und gib jeweils zwei deutsche Bedeutungen an. 3 BE

Stammformenreihe				Deutsche Bedeutungen
omittere				
	dedo			
			praelatum	

2 Finde zu den beiden folgenden, frei übersetzten Ausdrücken die entsprechende Stelle im lateinischen Text und schreibe sie im genauen Wortlaut auf. 2 BE

Beispiel: Ich mache dir eine Freude. → Te delecto.

Weswegen ...? → ______________________________

Willst du's wirklich wissen? → ______________________________

3 Suche aus dem Text je ein Beispiel für einen Ablativ des Ortes und einen Ablativ des Mittels heraus. 2 BE

Ablativ des Ortes = ______________________________

Ablativ des Mittels = ______________________________

4 „Zwischen dem Piraten und Alexander dem Großen besteht eigentlich kein großer Unterschied."
Erläutere, ob diese Aussage deiner Meinung nach zutrifft oder nicht.
Begründe deine Aussage mit Belegen aus dem Text. 3 BE

____

____

____

★ **5** Gib an, was der Konjunktiv Präsens in Aussage- bzw. Aufforderungssätzen ausdrücken kann. 2 BE

____

____

5 Erkläre die (unterstrichenen) Fremdwörter, indem du das zugrunde liegende lateinische Wort in seiner Grundform und mindestens eine passende deutsche Bedeutung angibst. 2 BE

Beispiel: Sie hatte eine große <u>Autorität</u>.	auctoritas	Ansehen/Einfluss
Wir sollten auch andere Meinungen <u>tolerieren</u>.		
Hier findest du Lebensmittel aus der <u>Region</u>.		

6 Stelle dir vor, du wärst ein junger Römer, der am Abend vor seiner ersten großen Rede die wichtigsten Stufen für eine gelungene Rede noch einmal für sich durchgeht. Nenne die lateinischen und deutschen Begriffe der Schritte, die du vollziehen musst. Der erste Schritt ist bereits angegeben. 4 BE

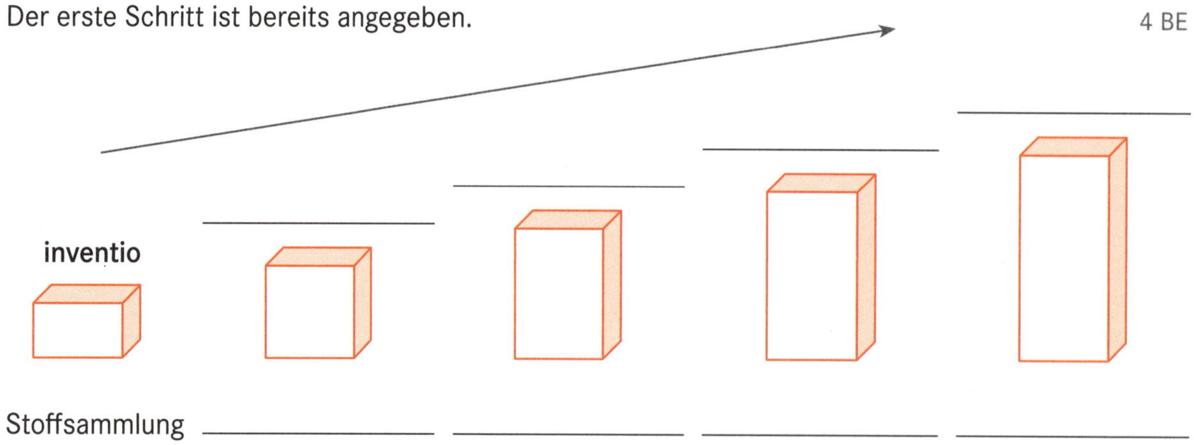

7 Gib an, welches Wirtschaftsunternehmen mit dem lateinischen Spruch *Fiat lux!* einen Werbespot gestalten könnte. Begründe deine Wahl. 2 BE

____

____

____

Gesamt: 18 BE

★ 13 Übersetzung *(ohne Zusatzaufgabe)* bis Lektion 38

Cicero – ein begehrter Anwalt

1. Ciceronem longe[1] meliorem oratorem esse ceteris tum omnes sciebant.
2. Aliquando autem Siculi[2] consilium ceperunt adeundi illum virum, ut causam in Verrem[3] procuratorem[4] susciperet.
3. Neque ullum oratorem in animis oratione commovendis superiorem esse Siculi[2] confidebant quam Ciceronem.
4. Dum Romae morantur, illi oratori de miserrima fortuna sua narravisse feruntur.
5. Et dixerunt: „Quid faciamus? Ne nos deseras! Ferat aliquis auxilium nationi nostrae!"
6. Tum Cicero haec locutus est:
7. „Nemo credat unum alium Romanum umquam eundem gradum inhumanitatis[1] consequi posse, quem iste barbarus consecutus est!
8. Iste Verres[3] tamquam bestia[5] esse videtur. Ne desperaveritis! Vobis iustitia fiat!"
9. Profecto accusando[6] ingentia Verris[3] scelera Siculos[2] a Verre[3] liberavit. 100 LW

1) **longe**: bei Weitem 2) **Siculi, -orum**: die Sikuler *(Bewohner von Sizilien)* 3) **Verres, -is**: Verres *(Verwalter von Sizilien)* 4) **procurator, -oris**: Statthalter, Verwalter 5) **bestia, -ae**: wildes Tier, Bestie 6) **accusare**: anklagen

13 Übersetzung *(ohne Zusatzaufgabe)* bis Lektion 38

Cicero – ein begehrter Anwalt

1. Ciceronem longe[1] meliorem oratorem esse ceteris tum omnes sciebant.
2. Aliquando autem Siculi[2] consilium ceperunt adeundi illum virum, ut causam in Verrem[3] procuratorem[4] susciperet.
3. Neque ullum oratorem in animis orationes commovendis superiorem esse Siculi[2] credebant quam Ciceronem.
4. Dum Romae sunt, eos illi oratori de miserrima fortuna sua narravisse ferunt.
5. Et dixerunt: „Nescimus, quid faciamus. A te petimus, ne nos deseras. Optamus, ut aliquis[5] auxilium nationi nostrae ferat."
6. Tum Cicero haec dixit:
7. „Nemo credere debet unum alium Romanum umquam in eundem gradum inhumanitatis[1] ascendere posse, ad quem iste ascendit.
8. Istum Verrem[3] tamquam bestiam[6] esse apparet.
9. Peto, ne desperetis, rogoque, ut vobis iustitia detur."
10. Profecto accusando[7] ingentia Verris[3] scelera Siculos[2] a Verre[3] liberavit. 111 LW

1) **longe**: bei Weitem 2) **Siculi, -orum**: die Sikuler *(Bewohner von Sizilien)* 3) **Verres, -is**: Verres *(Verwalter von Sizilien)* 4) **procurator, -oris**: Statthalter, Verwalter 5) **aliquis**: irgendeiner 6) **bestia, -ae**: wildes Tier, Bestie 7) **accusare**: anklagen

★ 14 Übersetzung *(ohne Zusatzaufgabe)* bis Lektion 38

Philosophie für einen jungen Römer

1. Plerique Romani nobiles filiis suis haec dicere solebant:
2. „Decet vos libris philosophorum[1] Graecorum[1] legendis operam dare[2].
3. Proinde ne cessaveritis eandem scientiam consequi, quam iuvenibus Graecis[1] usui erat!
4. Ne quis credat ullum iuvenem Romanum nihil studendo gradus honorum ascensurum esse!
5. Vix umquam accidit, ut aliqui vir, cum se neque arti loquendi neque studio philosophiae[1] dedisset[3], tamen consul fieret.
6. Igitur sequamini illos, qui imitando Graecos[4] pleni scientiae facti sunt!
7. Ne confisi sitis tantum auctoritati pecuniaeque patrum vestrorum!
8. Falsa sunt ea, quae iste Epicurus[5] docere ausus est: ‚Carpamus[6] diem! Omittamus munera rei publicae!'" 90 LW

1) **Greaecus, -a, -um**: griechisch 2) **operam dare** *(m. Dat.)*: sich bemühen *(um etw.)* 3) **se dare** *(m. Dat.)*: sich *(einer Sache)* widmen 4) **Graeci, -orum**: die Griechen 5) **Epicurus, -i**: Epikur *(griech. Philosoph)* 6) **carpere**: nützen, genießen

14 Übersetzung *(ohne Zusatzaufgabe)* bis Lektion 38

Philosophie für einen jungen Römer

1. Plerique Romani nobiles filiis suis haec dicere solebant:
2. „Decet vos libris philosophorum[1] Graecorum[1] legendis operam dare[2].
3. Proinde peto a vobis, ne cessetis eandem scientiam accipere, quam iuvenibus Graecis[1] usui erat.
4. Peto, ne quis[3] credat ullum iuvenem Romanum nihil studendo gradus honorum ascensurum esse.
5. Vix umquam accidit, ut aliqui[4] vir, cum se neque arti dicendi neque studio philosophiae[1] dedisset[5], tamen consul esset.
6. Igitur oro vos, ut eis pares sitis, qui discendo Graecorum[6] litteras pleni scientiae facti sunt!
7. Oro, ne credatis tantum auctoritati pecuniaeque patrum vestrorum!
8. Falsa sunt ea, quae iste Epicurus[7] docuit: ‚Praecipio, ut carpamus[8] diem et omittamus munera rei publicae.'" 101 LW

1) **Greaecus, -a, -um**: griechisch 2) **operam dare** *(m. Dat.)*: sich bemühen *(um etw.)* 3) **quis**: irgendeiner
4) **aliqui, -qua, -quod**: irgendein 5) **se dare** *(m. Dat.)*: sich *(einer Sache)* widmen 6) **Graeci, -orum**: die Griechen
7) **Epicurus, -i**: Epikur *(griech. Philosoph)* 8) **carpere**: nützen, genießen

★ 15 A) Übersetzung bis Lektion 38

Philosophenstreit

1. Aliquando Pythagoras[1] et Democritus[2], philosophi[1] illustrissimi, vehementissime inter se de principiis[3] naturae disseruisse traduntur.
2. Pythagoras[1] locutus est: „Credas mihi, Democrite[2], principium[3] naturae esse numerum!"
3. Democritus[2] respondit: „Cur non dicam te falsa docere? Ne quis confidat opinioni tuae!"
4. Pythagoras[1]: „Minime[4]", inquit, „tibi continget, ut vera loquaris.
5. Ego cognovi: Totus mundus[5] ex eisdem principiis[3], id est numeris ortus est."
6. Democritus[2]: „Ne contempseris ingenium meum, quod superius est tuo!
7. Casu factum est, ut e variis materiae[6] elementis[1] tamquam totus mundus[5] fieret." 78 LW

1) **Pythagoras, -ae**: Pythagoras *(griech. Philosoph)* 2) **Democritus, -i**: Demokrit *(griech. Philosoph)*
3) **principium, -i**: Anfang, Urbaustein, Grundstoff 4) **mimime**: keineswegs, ganz und gar nicht 5) **mundus, -i**: Welt
6) **materia, -ae**: Baustoff, Materie

15 A) Übersetzung

bis Lektion 38

Philosophenstreit

1. Aliquando Pythagoras[1] et Democritus[2], philosophi[!] illustrissimi, vehementissime inter se de principiis[3] naturae disseruerunt.
2. Pythagoras[1] (dixit): „Oro, ut credas mihi, Democrite[2], principium[3] naturae esse numerum."
3. Democritus[2] respondit: „Cur mihi non licet dicere te falsa docere? Petendum est, ne quis[4] opinioni tuae credat."
4. Pythagoras[1]: „Minime[5], inquit, „tibi continget, ut vera dicas.
5. Ego cognovi: Totus mundus[6] ex eisdem principiis[3], id est numeris, consistit."
6. Democritus[2]: „Postulo a te, ne contemnas ingenium meum, quod superius est tuo!
7. Casu accidit, ut e variis materiae[7] elementis[!] tamquam totus mundus[6] consisteret." 82 LW

1) **Pythagoras, -ae**: Pythagoras *(griech. Philosoph)* 2) **Democritus, -i**: Demokrit *(griech. Philosoph)*
3) **principium, -i**: Anfang, Urbaustein, Grundstoff 4) **quis**: irgendeiner 5) **mimime**: keineswegs, ganz und gar nicht
6) **mundus, -i**: Welt 7) **materia, -ae**: Baustoff, Materie

B) Aufgabenteil

SPRACHE

★ 1 Nenne die Sinnrichtung des Konjunktivs im Hauptsatz in den folgenden Sätzen. Füge in die Tabelle die grammatische Bezeichnung sowie die jeweilige deutsche Wiedergabe ein. 3 BE

	Sinnrichtung	Deutsche Wiedergabe
Cur abeam?		
Abeamus!		
Ne abieris!		

1 Gib an, ob es sich bei den folgenden Wendungen um ein Gerundium oder Gerundivum handelt. Begründe deine Entscheidung. 3 BE

	Gerundium/Gerundivum?	Begründung
ad philosophiam[!] docendam		
contemnendo		
Corpus exercendum est.		

2 *hic, haec, hoc* – *idem, eadem, idem:* Bei beiden Wörtern handelt es sich um Demonstrativ-Pronomina. Dennoch sind ihre Wortbedeutungen ganz verschieden. Erkläre kurz, worin dieser Unterschied besteht. 2 BE

___

___

★ **3** Erkläre: Wann verwendet der Römer das Indefinit-Pronomen *aliquis*, wann die „Kurzform" *quis*? 2 BE

___

___

3 Erkläre die (unterstrichenen) Fremdwörter, indem du das zugrunde liegende lateinische Wort in seiner Grundform und mindestens eine passende deutsche Bedeutung angibst. 2 BE

Beispiel: Sie hatte eine große Autorität.	auctoritas	Ansehen/Einfluss
Ich freue mich schon auf meine Konfirmation.		
Das sind keine Behauptungen, das sind Fakten.		

4 Übersetze das Gerundivum im folgenden Satz auf drei unterschiedliche Weisen. 3 BE

Naturā observandā homines multa discunt.

___ lernen die Menschen viel.

___ lernen die Menschen viel.

___ lernen die Menschen viel.

GRUNDWISSEN

★ **5** Erkläre mithilfe deiner Grammatikkenntnisse den Begriff Semideponens. 2 BE

___

5 Nenne zwei berühmte Philosophenschulen, die im antiken Athen gegründet worden sind. 2 BE

___

ANTIKE KULTUR

6 Benenne den berühmten Philosophen, der im unten stehenden Gemälde dargestellt ist. Begründe deine Entscheidung. 3 BE

7 Nenne die lateinischen Wörter, auf die die unterstrichenen englischen Wörter zurückzuführen sind. Gib jeweils auch die deutsche Bedeutung an. 3 BE

	Lateinisches Ursprungswort	Deutsche Bedeutung
Could you repeat this, please?		
This is a new server for my computer.		
I have great confidence in the government.		

Gesamt: 18 BE

★ 16 **A) Übersetzung** bis Lektion 38

Perikles, Athens größter Redner

1. Graeci[1] nobilissimam dicendi artem invenisse dicuntur.
2. Athenis[2] vero multi viri illustrissimi erant, qui orationes optime scriptas et verborum maxime egregiorum plenas habuerunt.
3. In quibus erat Pericles[3], ille maximus princeps civitatis, qui summa vi in curia Atheniensium[4] loqui solebat.
4. Ne quis credat alium oratorem Atheniensium[4] eadem arte loquendi usum esse, qua ille vir amplissimus!
5. Quam miserrime accidit, ut etiam Pericli[3] ista pessima peste[1] moriendum esset!
6. Itaque tum factum est, ut iterum turpissimi viri Athenis[2] tyranni[5] fierent.
7. Igitur diutius repetamus memoriam Periclis[3]! 80 LW

1) **Graeci, -orum**: die Griechen 2) **Athenae, -arum**: Athen 3) **Pericles, -is**: Perikles *(athenischer Staatsmann)*
4) **Athenienses, -ium**: die Athener 5) **tyrannus, -i**: Gewaltherrscher, Tyrann

16 A) Übersetzung

bis Lektion 38

Perikles, Athens größter Redner

1. Graecos[1] nobilissimam dicendi artem invenisse ferunt.
2. Athenis[2] vero multi viri illustrissimi erant, qui orationes optime scriptas et verborum maxime egregiorum plenas habuerunt.
3. In quibus erat Pericles[3], ille maximus princeps civitatis, qui summa vi in curia Atheniensium[4] dicere solebat.
4. Nemini credendum est alii oratori Atheniensium[4] eandem artem dicendi fuisse, quae illi viro amplissimo erat.
5. Quam miserrime accidit, ut etiam Pericli[3] ista pessima peste[!] pereundum esset!
6. Itaque tum iterum turpissimi viri Athenis[2] tyranni[5] fuerunt.
7. Igitur oro, ut diutius repetamus memoriam Periclis[3]. 79 LW

1) **Graeci, -orum**: die Griechen 2) **Athenae, -arum**: Athen 3) **Pericles, -is**: Perikles *(athenischer Staatsmann)*
4) **Athenienses, -ium**: die Athener 5) **tyrannus, -i**: Gewaltherrscher, Tyrann

B) Aufgabenteil

SPRACHE

★ **1** Ersetze die folgenden Formen von *idem, eadem, idem* durch die entsprechenden Formen von *aliqui, aliqua, aliquod.* 2 BE

eorundem amicorum → ______________________________

eidem amicae → ______________________________

1 Ersetze die folgenden Formen von *idem, eadem, idem* durch die entsprechenden Formen von *hic, haec, hoc.* 2 BE

eorundem amicorum → ______________________________

eidem amicae → ______________________________

2 Gib an, welches Grammatikphänomen du jeweils in den unterstrichenen Satzteilen erkennst. Begründe deine Aussage grammatikalisch. 4 BE

a) <u>Magistri</u> semper <u>audiendi sunt</u>.

Grammatikphänomen	Begründung

b) Ars dicendi difficilis est.

Grammatikphänomen	Begründung

3 Nenne zwei Stilmittel, die du im folgenden berühmten Ausspruch erkennst. Gib sie jeweils mit ihrem Fachbegriff an und belege sie am lateinischen Text. 4 BE

Veni, vidi, vici.

____

____

GRUNDWISSEN

★ **4** Erkläre mithilfe deiner Grammatikkenntnisse den Unterschied zwischen einem Demonstrativ-Pronomen und einem Indefinit-Pronomen. 2 BE

____

____

4 Erkläre, was das griechische Wort *philosophia* im Deutschen bedeutet. 2 BE

____

ANTIKE KULTUR

5 Werde zum Kyniker und beschreibe anhand von drei Aspekten die wichtigsten Aspekte der kynischen Philosophie. 2 BE

____

____

____

____

6 Nenne zwei Gründe, weshalb die Beherrschung der Rhetorik für einen Menschen, der in Rom in der Öffentlichkeit auftrat, unverzichtbar war. 2 BE

____

____

7 Gib an, um welche bedeutende Person der Antike es sich bei dieser Statue handelt. Begründe deine Entscheidung. 2 BE

Gesamt: 18 BE

★ 17 A) Übersetzung

bis Lektion 38

Was macht einen Stoiker glücklich?

1. Quemadmodum Stoici[1] vitam agunt, ut sibi feliciores esse videantur ceteris?
2. Res adversas eadem aequitate[2] animi sustinent, qua res secundas accipiunt.
3. Inter se ita hortantur: „Neglegamus munera pecuniae! Ne secuti sitis easdem voluptates, quas plerique consequi conantur!
4. Ne quis credat falsae opinioni eorum, qui se sibi solum natos esse loquuntur!
5. Quis non sciat totum mundum[3] tamquam patriam nostram esse?
6. Confidamus nos a deis ortos esse et ad deos reversuros esse!“
7. Stoici[1] vero primi cives totius mundi[3] fuisse et deos caritate[4] imitati esse videntur. 82 LW

1) **Stoicus, -i**: Stoiker *(Vertreter einer antiken Philospohenschule)* 2) **aequitas, -atis**: Gleichheit, Gelassenheit
3) **mundus, -i**: Welt, Kosmos 4) **caritas, -atis**: *Subst. zu* **carus, -a, -um**

17 A) Übersetzung

bis Lektion 38

Was macht einen Stoiker glücklich?

1. Quemadmodum Stoici[1] vitam agunt, ut se feliciores esse censeant ceteris?
2. Res adversas eadem aequitate[2] animi sustinent, qua res secundas accipiunt.
3. Inter se monent, ut munera pecuniae neglegant neque easdem voluptates capere studeant, quas plerique accipere temptant.
4. Orandum est, ne quis[3] credat falsae opinioni eorum, qui se sibi solum natos esse dicunt.
5. Cogito, quis non sciat totum mundum[4] tamquam patriam nostram esse.
6. Suadeo, ut credamus nos a deis natos esse et ad deos redituros esse!“
7. Stoicos[1] vero primos cives totius mundi[4] fuisse et deos caritate[5] aequare[6] voluisse apparet. 87 LW

1) **Stoicus, -i**: Stoiker *(Vertreter einer antiken Philospohenschule)* 2) **aequitas, -atis**: Gleichheit, Gelassenheit
3) **quis**: irgendeiner 4) **mundus, -i**: Welt, Kosmos 5) **caritas, -atis**: *Subst. zu* **carus, -a, -um** 6) **aequare** *(m. Akk.)*: erreichen

B) Aufgabenteil

SPRACHE

Lies den folgenden dir bekannten Textabschnitt aufmerksam durch.
Bearbeite dann die folgenden Aufgaben.

Vir nobilis cupiditate vini bibendi ardens cottidie plurima pocula vini sumpsisse dicitur. Aliquo *(aliqui, -qua, -quod: irgendein)* autem die acerrima febri *(febris, -is: Fieber)* oppressus in lecto iacebat. Dixit: „Nunc aliquid facere debeo. At me non aliquos *(aliqui, -qua, -quod: irgendein)*, sed optimos medicos adhibere decet. Sed quid faciam, si quis ex iis dicat vinum mihi vitandum esse?"

1 Nenne zwei Superlativformen aus dem Text und schreibe sie auf. 2 BE

___

2 Schreibe aus dem Text zwei Gerundivum-Wendungen heraus und übersetze sie. 2 BE

___

___

★ **3** Nenne vier Beispiele für ein Indefinit-Pronomen aus dem Text und schreibe sie in ihrer jeweiligen Form auf. 4 BE

___

___

___

3 Schreibe zwei Beispiele für eine Superlativform aus dem Text heraus und gib jeweils ihre Positivform an. 4 BE

Superlativform	Positivform

4 Beschreibe, für welches Problem der *vir nobilis* eine Lösung sucht. 2 BE

___

___

5 Verfasse eine Überschrift zum Text, die den Inhalt der Geschichte treffend wiedergibt. 2 BE

____

6 Angenommen, der *vir nobilis* würde anstelle der Ärzte einen Vertreter der Philosophenschule der Stoiker hinsichtlich einer Lösung seines Problems befragen: Mit welchen Argumenten würde der Philosoph dem *vir nobilis* helfen? Stelle seine möglichen Argumente in knapper Form zusammen. 4 BE

____

____

____

____

____

7 Nenne zwei weitere berühmte Philosophenschulen der Antike. 2 BE

____

Gesamt: 18 BE

★ 18 Übersetzung *(ohne Zusatzaufgabe)* bis Lektion 39

Lebe in den Tag hinein!

1. Vir quidam Epicureus[1] haec fere scripsisse dicitur: „Carpe[2] diem!
2. Desinas semper curare diem crastinum[3]!
3. Fruamur vero eis ipsis rebus, quas dies hodiernus[4] nobis affert!
4. Ne cogitaveris de morbo[5], de clade, de calamitate, quae postero tempore et aliis et tibi ipsi instare possunt!
5. Ne quis imitetur quosdam homines, qui perpetua in aliquos invidia opprimuntur!
6. Ne confisus sis opinioni eorum, qui vitam abstinentia feliciorem fieri loquuntur!
7. Sed id unum stude, ut voluptatibus quam maximis capiendis vitam beatiorem agas ceteris!
8. Quidam non tantum seni memoriam mortis repetendam esse dicunt.
9. Ne confidas eis! Ne umquam ipse questus sis!
10. Tibi ipsi iudicandum est, quid tibi usui sit.
11. Quid igitur agamus? Semper idem cogitemus nos adhuc in vita esse!“ 113 LW

1) **Epicureus, -a, -um**: epikureisch 2) **carpere**: nützen, genießen 3) **crastinus, -a, -um**: morgig 4) **hodiernus, -a, -um**: heutig 5) **morbus, -i**: Krankheit

18 Übersetzung *(ohne Zusatzaufgabe)* bis Lektion 39

Lebe in den Tag hinein!

1. Unum ex Epicureis[1] haec fere scripsisse ferunt: „Carpe[2] diem!
2. Suadeo tibi, ut desinas semper curare diem crastinum[3]!
3. Cur non eas ipsas res tantum carpere[2] volumus, quas dies hodiernus[4] nobis affert?
4. Postulo, ne umquam cogites de morbo[5], de clade, de calamitate, quae postero tempore et aliis et tibi ipsi instare possunt!
5. Petendum est, ne quis[6] istis hominibus par esse velit, qui perpetua in aliquos[7] invidia opprimuntur!
6. Cura, ne credas opinioni eorum, qui vitam abstinentia feliciorem esse dicunt!
7. Sed id unum stude, ut voluptatibus quam maximis capiendis vitam beatiorem agas ceteris!
8. Quidam non tantum seni memoriam mortis repetendam esse dicunt.
9. Moneo te, ne confidas eis. Etiam te oro, ne umquam ipse de sorte vitae tuae maestus sis.
10. Tibi ipsi iudicandum est, quid tibi usui sit.
11. Rogamus igitur, quid agamus. Suadeo, ut semper idem cogitemus nos adhuc in vita esse!“ 137 LW

1) **Epicurei, -orum**: die Epikureer *(Vertreter einer antiken Philosophenschule)* 2) **carpere**: nützen, genießen 3) **crastinus, -a, -um**: morgig 4) **hodiernus, -a, -um**: heutig 5) **morbus, -i**: Krankheit 6) **quis**: irgendeiner 7) **aliquos**: irgendwelche (Leute)

19 A) Übersetzung bis Lektion 39

Die Macht des Schicksals

1. Oedipus[1] quodam[2] tempore oraculum adierat cupidus[3] cognoscendi parentes suos.
2. Sed ibi comperit se ipsum patrem exstincturum et matrem uxorem ducturum esse.
3. Perterritus Oedipus[1] cogitavit: „Ego nobilis sum neque ullum scelus committere volo.“
4. Statim eum e patria abisse et Thebas[4] petivisse ferunt.
5. In itinere autem quibusdam[2] viris occurrit.
6. Unus ex eis clamavit: „Tibi de via excedendum est. Sin mihi non parebis, morieris (peribis).“
7. Ira incensus Oedipus[1] senem ita verberavit, ut is ipse moreretur (periret).
8. Is autem Laius[5] pater erat.
9. Neque Oedipodi[1] contigit, ut fatum suum effugeret. 83 LW

1) **Oedipus, -podis**: Ödipus *(mythischer Herrscher von Theben)* 2) **quidam**: ein gewisser, ein bestimmter 3) **cupidus, -a, -um** *(m. Gen.)*: begierig (nach) 4) **Thebae, -arum**: Theben 5) **Laius, -i**: Laios *(mythischer König von Theben)*

B) Aufgabenteil

SPRACHE

1 Bestimme, ob es sich bei den folgenden Wendungen um ein Gerundivum oder ein Partizip handelt. Übersetze dann die Wendungen. 4 BE

	Gerundivum/Partizip?	Übersetzung
servi contempti		
Oracula consulenda sunt.		
Labores conficiendi erant.		
liberi labores fugientes		

★ **2** Ergänze die jeweils fehlende Form in der Stammformenreihe. 3 BE

fungi		functus sum
queri	queror	
aggredi		aggressus sum

2 Ergänze die jeweils fehlende Form in der Stammformenreihe. 3 BE

retineo	retinui	
effodio		effossum
excedo		excessum

3 Gib zu den folgenden Wörtern jeweils das lateinische Wort an, das das Gegenteil bedeutet. 2 BE

iuvenis ↔ ______________ superior ↔ ______________

4 Beschreibe, wozu die Verwendung des Pronomens *ipse* in einem Satz dient. 1 BE

____

GRUNDWISSEN

5 Erkläre, was der Dativ in einer Gerundivum-N-Konstruktion angibt.
Gib seine grammatische Bezeichnung an. 2 BE

____

ANTIKE KULTUR

6 Cicero ruft Catilina entgegen: *Evade, excede, erumpe!* Nenne zwei Stilmittel, die du an diesem Ausruf erkennst. Belege sie am lateinischen Text. 4 BE

____

____

7 Erkläre kurz, wie unser heutiges Paragraphenzeichen entstanden ist. § 2 BE

____

____

Gesamt: 18 BE

★ 20 Übersetzung *(ohne Zusatzaufgabe)* bis Lektion 40

Plinius ruft zur Hilfeleistung auf

1. Quodam tempore Plinius cupidus cognoscendi res naturae iam per complures dies Vesuvium[1] ignes evomentem[2] contemplabatur.
2. Sed cum iam propinqui ex ea regione auxilii precandi causa venissent, sibi ipsi non licere arbitrabatur diutius Miseni[3] morari.
3. Plinius auxilium cum militibus ferre statuit. Quosdam autem adhuc cessantes impulit, ut secum proficiscerentur, hac oratione usus:
4. „Milites fortissimi, vos omnes ultimis periculis instantibus ipsi parati esse solebatis ad exempla maiorum imitanda.
5. Proinde sequamini me officia vestra praestantes!
6. Ne deserueritis homines tanta calamitate oppressos!
7. Qua de causa tota urbe exstincta civibus miserrimis adsimus fortunae confisi!
8. Memoria retineatis illud dictum: ‚Fortes fortuna adiuvat[4]!'" 96 LW

1) **Vesuvius, -i**: der Vesuv *(Vulkan in Italien nahe bei Neapel)* 2) **evomere**: (aus)speien
3) **Miseni**: in Misenum *(Stadt am Golf von Neapel)* 4) **adiuvare** *(m. Akk.)*: unterstützen, helfen

20 Übersetzung *(ohne Zusatzaufgabe)* bis Lektion 40

Plinius ruft zur Hilfeleistung auf

1. Quodam[1] tempore Plinius cupidus cognoscendi res naturae iam per complures dies Vesuvium[2] ignes evomentem[3] spectabat.
2. Sed cum iam propinqui ex ea regione auxilii petendi causa venissent, sibi ipsi non licere putabat diutius Miseni[3] manere.
3. Plinius auxilium cum militibus ferre statuit. Quosdam[2] autem adhuc cessantes impulit, ut secum irent, hac oratione habita:
4. „Milites fortissimi, vos omnes ultimis periculis instantibus ipsi parati esse solebatis ad eadem exempla praestanda, quae maiores praestiterunt.

5. Proinde postulo, ut mihi pares sitis officia praestantes!
6. Oro vos, ne homines tanta calamitate oppressos deseratis!
7. Qua de causa peto a vobis, ut tota urbe exstincta civibus miserrimis adsimus fortunae credentes.
8. Orandum est, ut memoria retineatis illud dictum: ‚Fortes fortuna adiuvat[5]'.“ 100 LW

1) **quidam**: ein gewisser, bestimmter 2)**Vesuvius, -i**: der Vesuv *(Vulkan in Italien nahe bei Neapel)* 3) **evomere**: (aus)speien 4) **Miseni**: in Misenum *(Stadt am Golf von Neapel)* 5) **quosdam**: gewisse, einige 6) **adiuvare** *(m. Akk.)*: unterstützen, helfen

★ 21 A) Übersetzung bis Lektion 40

Beim Ausbruch des Vesuvs

1. Vesuvio[1] monte maximos ignes evomente[2] quodam die avunculum[3] Gaium Plinium[4] hortatum esse ferunt, ut secum id spectaculum contemplaretur.
2. Ille autem occasionem in mari proficiscendi reppulisse fertur, quod cupidus tempus in studiis consumendi domo egredi noluit.
3. Sed paulatim cinere atro villas tegente mater cum Gaio[4] sic loqui conabatur:
4. „Timor te a fuga arcere videtur. Mox autem tibi nulla facultas fugiendi erit.
5. Iam tota fere urbe flammis exstincta tibi fugiendum est.
6. Utere ultima occasione! Ego ipsa hic moriar.“
7. Plinius[4] iratus respondisse traditur: „Ego fugientes non sequar nisi tecum!“ 86 LW

1) **Vesuvius, -i**: Vesuv 2) **evomere**: (aus)speien 3) **avunculus, -i**: Onkel
4) **Gaius Plinius Secundus**: *lateinischer Autor vor allem von Briefen*

21 A) Übersetzung bis Lektion 40

Beim Ausbruch des Vesuvs

1. Vesuvio[1] monte maximos ignes evomente[2] quodam[3] die avunculum[4] Gaium Plinium[5] monuisse ferunt, ut secum id spectaculum spectaret.
2. Illum autem occasionem ad mare eundi reppulisse ferunt, quod cupidus tempus in studiis consumendi domo decedere noluit.
3. Sed paulatim cinere atro villas tegente mater cum Gaio[5] sic dicere temptabat:
4. „Te timore affectum cessare puto. Mox tibi nulla facultas fugiendi erit.
5. Iam tota fere urbe flammis exstincta tibi fugiendum est.
6. Haec est ultima occasio! Ego ipsa hic mortem sustinebo.“
7. Plinium[5] iratum respondisse traditum est: „Ego inter fugientes non ero nisi tecum.“ 87 LW

1) **Vesuvius, -i**: der Vesuv *(Vulkan in Italien nahe bei Neapel)* 2) **evomere**: (aus)speien 3) **quidam**: ein gewisser, bestimmter 4) **avunculus, -i**: Onkel 5) **Gaius Plinius Secundus**: *lateinischer Autor vor allem von Briefen*

B) Aufgabenteil

SPRACHE

1 Benenne das Zeitverhältnis der unterstrichenen Infinitive in den folgenden Sätzen. Begründe deine Entscheidung grammatikalisch. 4 BE

a) Scimus Ciceronem oratorem praeclarum fuisse.

b) Cuncti te diligentem esse sciunt.

Zeitverhältnis	Begründung
a)	
b)	

2 Wähle aus den angegebenen Gerundivumformen diejenigen aus, durch die sich korrekte lateinische Sätze ergeben. 2 BE

Domino ______________________ est.

Praecepta ______________________ non sunt.

impellentem
neglegenda
parendum

3 Übersetze die unterstrichene Partizip-Konstruktion mit zwei verschiedenen Sinnrichtungen. 2 BE

Homines illa calamitate perterriti per vias errabant.

a) ______________ die Menschen durch jenes Unglück ______________, irrten sie durch die Straßen.

b) ______________ die Menschen durch jenes Unglück ______________, irrten sie durch die Straßen.

4 Erkläre die (unterstrichenen) Fremdwörter, indem du das zugrunde liegende lateinische Wort in seiner Grundform und mindestens eine passende deutsche Bedeutung angibst. 2 BE

Beispiel: Sie hatte eine große Autorität.	auctoritas	Ansehen/Einfluss
Das Hotel wurde als das ultimative Ferienresort angepriesen.		
Dabei war die Qualität des Service ziemlich mies.		

GRUNDWISSEN

5 Erläutere, was die Römer unter *opus caementicium* verstanden, und worin seine Bedeutung für die Bautechnik der Römer lag. 2 BE

___

___

___

ANTIKE KULTUR

6 Erkläre, weshalb sich in Pompeji viele Dinge des Alltags, wie der abgebildete Brotlaib, bis heute fast perfekt erhalten haben. 2 BE

___

___

7 Gesetze wurden seit der Antike in Sammlungen zusammengestellt. Nenne zwei dieser Gesetzessammlungen. 2 BE

___

8 Benenne die in den folgenden Sätzen verwendeten Stilmittel jeweils mit dem zutreffenden Fachbegriff. 2 BE

a) Discede ex oppido! Discede ex Italia! Discede ex imperio Romano!

___

b) Mali te celebrabunt, fugabunt te boni. ___

Gesamt: 18 BE

22 A) Übersetzung

bis Lektion 40

Auf der Suche nach der Wahrheit

1. Philosophi[1], cum veritas[1] lateat, tamen semper cupidi sunt cognoscendi veras rerum causas.
2. Quis autem negat multum interesse[2] inter eas res, quae cernuntur, et eas, quae cogitando inveniuntur?
3. Sed etiam natura ipsa res maxime inter se differentes praebet ut aquam et ignem.
4. Quaerendum igitur est, quid intersit[2] inter homines et bestias[3].
5. Illi ratione usi vitam agere, hae solum ventri deditae vivere dicuntur.
   (Illos [cum] ratione vitam agere, has solum ventri deditas vivere putamus.)

6. Contra philosophi[1] quidam[4] summa diligentia in contemplandis (spectandis) naturae rebus adhibita contendunt nihil interesse[1] inter homines et bestias[3], cum etiam plerique homines ventri tantum servire videantur (cum etiam plerosque homines ventri tantum servire appareat). 86 LW

1) **veritas, -atis**: *Subst. zu* **verus, -a, -um** 2) **interest inter** *(m. Akk.)*: es besteht ein Unterchied zwischen
3) **bestia, -ae**: wildes Tier 4) **quidam** *(Pl.)*: gewisse, einige

B) Aufgabenteil

SPRACHE

Lies den folgenden dir bekannten Textabschnitt aufmerksam durch.
Bearbeite dann die folgenden Aufgaben.

> *Zur selben Zeit, als in Pompeji der Vesuv explodierte, brach in Rom eine schwere Seuche aus.*
> Tito imperatore complures res adversae acciderunt. Civitate tot tantisque calamitatibus oppressa imperator affectum *(affectus: fürsorgliche Wärme)* patris ostendit modo publice consolando *(consolari: trösten)*, modo auxilio praestando. Cura autem ei adhibenda erat, ne plura promitteret quam praestare posset.

1 Schreibe zwei Ablativus-absolutus-Konstruktionen in ihrer lateinischen Form vollständig aus dem Text heraus und übersetze sie jeweils mit temporaler Sinnrichtung. 4 BE

______________________ ______________________

______________________ ______________________

2 Schreibe aus dem lateinischen Text zwei verschiedene Wörter bzw. Wendungen zum Wortfeld „Unglück“ heraus. 2 BE

______________________ ______________________

3 Kreuze jeweils die beiden grammatikalischen Bestimmungen an, die auf die unterstrichenen Wörter aus dem Text zutreffen. 4 BE

Imperator Titus patris affectum ostendit modo publice consolando,
modo auxilio praestando.

consolando
- ☐ Partizip
- ☐ Ablativ
- ☐ Gerundivum
- ☐ Gerundium
- ☐ Akkusativ
- ☐ Imperativ

auxilio praestando
- ☐ Partizip
- ☐ Ablativ
- ☐ Gerundivum
- ☐ Gerundium
- ☐ Akkusativ
- ☐ Imperativ

4 Beschreibe, welches Problem sich für Kaiser Titus bei seiner Reaktion auf die Unglücksfälle stellte. Belege deine Aussage am Text. 3 BE

5 Erläutere, weshalb die Katastrophe des Vesuvausbruchs aus moderner Sicht häufig als „Glücksfall“ bezeichnet worden ist. 3 BE

6 Beschreibe, wozu der abgebildete Laden aus Pompeji diente bzw. was darin verkauft wurde. 2 BE

Gesamt: 18 BE

CURSUS

Klassenarbeitstrainer 3

mit Lösungen

Zu den Lektionen 33–40

Ausgabe A

Lösungen

Herausgegeben von Michael Hotz und
Prof. Dr. Friedrich Maier

Bearbeitet von Michael Hotz und
Prof. Dr. Friedrich Maier

C.C.Buchner Verlag, Bamberg
J. Lindauer Verlag, München
Oldenbourg Schulbuchverlag, München

Erläuterung zu den Lösungen der Übersetzungen:

( ) kennzeichnet eine wörtliche Übersetzung.

< > kennzeichnet eine Hinzufügung für eine freiere Übersetzung.

[ ] kennzeichnet eine Übersetzung der blauen Textvarianten ohne fakultativen Stoff, wenn sich der Wortlaut unterscheidet.

Bewertungsschlüssel für den Aufgabenteil:

BE	Note im Aufgabenteil
18–16	1
15–13	2
12–10	3
9–7	4
6–4	5
3–0	6

1 Wettkämpfe in Olympia

1. Wir wollen uns nach Olympia begeben (eine Reise ... machen); Olympia ist nämlich, wie überliefert ist, ein ganz berühmter Ort Griechenlands gewesen.
2. Dort(hin) sind in den ältesten Zeiten die jungen Männer, angestachelt vom Eifer, sich im Wettkampf zu messen, zusammengekommen.
3. Dort nämlich kämpften die Athleten darum, sich als besser als die anderen zu erweisen.
4. Jeder Einzelne von ihnen versuchte, durch Siegen sich Ruhm zu erwerben.
5. Doch bei den Olympischen Spielen haben damals auch, das wissen wir, Dichter und Philosophen teilgenommen.
6. Die Dichter beabsichtigten (legten ... alles darauf an) mit ihrer Kunst, Lieder (Dichtungen) vorzutragen, dass sie von den Zuschauern sehr gefeiert wurden.
7. Die meisten Athleten hatten das Glück (Den ... gelang es), dass sie in ihrer Heimatstadt entweder von den Bürgern oder den Regenten Geld erhielten.
8. Die Philosophen jedoch haben unserer Meinung nach (wie wir glauben), als sie ihre Kunst des Denkens und Redens zur Schau stellten (zeigten), weder nach Ehren noch nach Geld gestrebt.
9. Sie waren gewohnt, allein vom Verlangen nach Erkenntnis geleitet, die Erscheinungen der Natur zu betrachten.
10. Diejenigen aber, die in Olympia einen Sieg errungen hatten, bewunderten [verehrten] die Griechen wie Götter.

2 Lohn des Sieges

1. Die Griechen bedachten die hochberühmten Athleten, die in Olympia gesiegt hatten, mit höchsten Ehren.
2. Bereits in Olympia bewunderten die, die aus sehr vielen Städten (Stadtstaaten) dorthin gekommen waren, die Athleten, wenn sie einen herausragenden Kampfeseifer zeigten, sehr [betrachteten mit besonderer Vorliebe], die Athleten aber, die sich im Wettkampf als die Besten bewährten, bedachten sie mit Lob und Anerkennung (größten Lobsprüchen).
3. Auch wurden die Athleten, die schneller gelaufen sind und tapferer gekämpft haben, als die Übrigen, dort sogleich mit Kränzen beschenkt.
4. Doch, wenn die Olympiasieger in ihre Städte zurückkehrten, empfingen sie die Bürger hocherfreut.
5. Sie erfreuten sich unter ihren Mitbürgern größeren Ruhmes als die Übrigen.
6. Da wurde auch den Dichtern Gelegenheit gegeben, die Sieger mit ganz berühmten Liedern zu ehren.

3

A) „Ich hab's gefunden!"

1. Es ist überliefert, dass der Tyrann Hieron zu Archimedes gesagt hat: „Ich glaube, ich bin von einem Goldschmied getäuscht worden.
2. Ich befürchte nämlich, dass der Goldkrone, die von jenem hergestellt worden ist, Silber beigemischt (hinzugegeben) worden ist.
3. Ich fordere von dir, dass du die Wahrheit über diese Sache herausfindest, indem du höchst scharfsinnig darüber nachdenkst. Schau dir die Krone ganz sorgfältig an!"
4. Nach wenigen Tagen ging Archimedes, als er vom Verlangen, die Wahrheit (darüber) zu finden, getrieben (entflammt) war, zufällig in die Badeanstalt und stieg dort sofort in die Badewanne.
5. Plötzlich bemerkte er, dass so viel (an) Wasser aus der Wanne floss, wie viel von seinem Körper sich in die Badewanne setzte.
6. Archimedes stürzte eilig, von Freude bewegt, aus der Badeanstalt nach Hause (eilte ...), mit lautester Stimme (ganz laut) rufend: „Ich hab's gefunden!" Ich hab's gefunden!"
7. Die Bürger glaubten, dass er glücklicher sei als alle anderen. Er hat nämlich nicht vergeblich über dieses Problem nachzudenken versucht.

B) **1** 1: sanctus, 2: pulcherrima, 3: maius – ★ **2 a** *conari* ist ein Deponens, dessen Infinitiv-Zeichen *-ri* lautet. Die Form darf daher nicht mit einem Inf. Präs. Aktiv mit dem Infinitiv-Zeichen *-re* verwechselt werden; **b** 2. P. Sg. Präs. Pass. von *conari* – **2 a** a) nobis: Dativ; maximo gaudio: Dativ; b) hominibus miseris: Dativ; auxilio: Dativ; **b** für wen?, wozu? **c** a) Wir freuen uns sehr über gute Menschen. (Gute Menschen sind uns zur größten Freude.); b) Unglücklichen Menschen kommen wir immer zu Hilfe. – ★ **3** Präsensstamm: contemplamini, loquuntur; Perfektstamm: potiti erant, verita est – **3** to protect: protegere: schützen – ★ **4** Deponentien haben die Formen des Aktivs „abgelegt". – **4** Philosoph: Sokrates; seine Ideen wurden von Platon weitergegeben – **5** maximal: von *maximus, -a, -um*: größte, größtmögliche (Leistung); frustriert: von *frustra*: wegen vergeblicher Anstrengung enttäuscht – **6** 776 v. Chr. – **7** Archimedes; er spielt auf die Hebelgesetze an, nach denen man jeden Gegenstand von einem Punkt, sofern er nur weit genug entfernt ist, anheben kann.

4

Tod eines Erfinders

1. Archimedes, ein wegen seiner Kunst, Neues (neue Dinge) zu erfinden, hochberühmter Mann, lebte in Syrakus.
2. Einmal vermochte Marcellus, ein römischer Heerführer, jene Stadt, obwohl er die allertapfersten Soldaten zum Einsatz brachte [obwohl die allertapfersten Soldaten sich am Kampf beteiligten], trotzdem nicht zu erobern.
3. Jener nämlich war den Bürgern zu Hilfe gekommen, indem er sehr große Schleudermaschinen erfand.
4. Doch den Bewohnern von Syrakus gelang es nicht, den Angriff der Feinde immer abzuwehren.
5. Die Römer waren nämlich in der Kunst der Kriegsführung (den Krieg zu führen) besser als die Syrakusaner.
6. Nachdem sich Marcellus jedoch Syrakus' bemächtig hatte [Nach der Eroberung von Syrakus], befahl er den Soldaten äußerst eindringlich (heftig):
7. „Versucht Archimedes gefangen zu nehmen! Doch schont sein Leben!"
8. Doch er hat vergeblich gemahnt. Einer von den Soldaten nämlich gehorchte dem Heerführer nicht.
9. Denn er hat, wie überliefert wird, Archimedes mit dem Schwert getötet. [Denn es ist überliefert, dass er ... getötet hat], während dieser in den Sand gezeichnete Figuren betrachtete und diesen Menschen da mit lautester Stimme so von sich fernzuhalten versuchte:
10. „Störe meine Kreise nicht!"

5 A) Olympia im Zentrum

1. An den Olympischen Spielen schauten Menschen, die aus allen Teilen Griechenlands an den berühmtesten Ort der Peloponnes gereist [gekommen] waren, bei den herrlichsten Wettkämpfen zu.
2. Während die Spiele stattfanden (veranstaltet wurden), ist in ganz Griechenland, so wird überliefert, durch ein Gesetz Frieden geschaffen worden [ist überliefert, dass in ganz Griechenland … Frieden geschaffen worden ist].
3. Denn als die Athleten, um den Sieg zu erringen, schwerste Anstrengungen auf sich nahmen, wollten die Zuschauer, dass überall Ruhe herrsch(t)e.
4. Der Sieg jedoch bedeutete gewöhnlich nicht nur für die Athleten größeren Ruhm, sondern es schienen auch ihre Städte (Stadtstaaten) durch den Sieg der Ihren glücklicher und hervorragender zu sein als alle anderen [alle glaubten, dass sie … als alle anderen seien].
5. Deshalb wurden in ihrer Heimatstadt die Sieger mit ganz ansehnlichen Belohnungen bedacht (beschenkt).
6. Auch Dichter versuchten denen, die einen Sieg errungen hatten, dadurch, dass sie hervorragende Lieder vortrugen, möglichst großen Ruhm zuteilwerden zu lassen (zu erweisen).

B) ★ **1** Es wird gesagt, dass Sokrates der Weiseste gewesen ist/sei. Man sagt, dass Sokrates der Weiseste gewesen ist/sei. Sokrates soll der Weiseste gewesen sein. – **1** Positiv → Komparativ → Superlativ – **2** ars vivendi: die Kust zu leben/des Lebens; ad merendum: zum Verdienen; amando prudentiam: durch das Lieben von/die Liebe zur Klugheit – **3** 1. wegen der Befreiung des Vaterlandes, 2. um der Befreiung des Vaterlandes willen – **4** 1. die schnellsten Athleten, 2. sehr schnelle Athleten – **5** Ein Gerundium wird wie ein Substantiv verwendet (substantivierter Infinitiv), ein Gerundivum-V wird wie ein Adjektiv einem Substantiv beigefügt. – **6** Der religiöse Aspekt (religiöses Fest zu Ehren von Zeus) stand im Vordergrund; daher auch z. B. die Prozession zum Zeus-Tempel. – **7** Sokrates meint damit, dass er wie die Hebamme ein Kind zur Welt bringt, er die Wahrheit bzw. die Erkenntnis aus den Menschen ans Licht bringt. – **8** Archimedes

6 A) Diogenes

1. Diogenes ist der Überlieferung nach (wie überliefert wird) ein ganz berühmter Philosoph gewesen. [Diogenes ist, so ist überliefert worden, … gewesen.]
2. Niemand nämlich lebte glücklicher als er, obwohl er in einem Fass ein ganz elendes Leben führte.
3. Einmal, so berichtet man, ist er auf dem Marktplatz der Stadt herumgelaufen, indem er eine Laterne in der Hand trug.
4. Die Bürger näherten sich ihm, um <ihn> zu fragen.
5. Einer von ihnen sagte: „Diogenes, warum trägst du am helllichten Tag eine Laterne mit dir <herum>? Was versuchst zu finden?“
6. Ein anderer sagte: „Kannst du etwa die Welt (die Dinge) so besser betrachten als alle anderen? Hast du etwa etwas Schlimmes erlitten? [Ist dir etwa etwas Schlimmes widerfahren?]“
7. Wieder ein anderer fügte hinzu: „Vielleicht will dieser (da), indem er Licht in sein Fass bringt, sich glücklicher machen? Können wir dir nicht, indem wir dir etwas Gutes (eine Wohltat) zukommen lassen, zur Seite stehen?“
8. Diogenes hat, wie es scheint, ganz weise <darauf> geantwortet: „Ich brauche keine Hilfe. Ich suche nämlich einen Menschen.“

B) **1** Gerundivum-Konstruktionen: ad operas ferendas; libris legendis; in iuventute docenda; poenis imponendis; verbis faciendis – **2** bono exemplo; libris legendis; poenis imponendis; verbis faciendis – **3** Dativ Plural – **4** Worte belehren die Kinder, ein gutes Vorbild aber reißt mit. – **5** Die Kinder sind oft wie kleine Tyrannen; sie haben keine Lust sich anzustrengen; sie kümmern sich nur ums Vergnügen, anstatt gute Bücher zu lesen. – **6 a** Sokrates; **b** Sokrates überprüfte seine Mitmenschen, die sich einbildeten, etwas zu wissen, in Wahrheit aber gar kein Wissen hatten. Er hatte erkannt: „Ich weiß, dass ich nichts weiß", und zeigte damit seine überlegene Weisheit.

7 Sokrates und die Jugend

1. Sokrates verweilte den größten Teil des Tages entweder in der Sportschule oder auf dem Marktplatz [wanderte herum].
2. Dort sprach [diskutierte] er mit den jungen Leuten höchst leidenschaftlich nicht nur über die guten und bösen Sitten, sondern auch über die beste Art und Weise, gerecht und glücklich zu leben.
3. Er lehrte nämlich, dass der Mensch immer daran denken müsse, was nötig sei, um das Leben gut zu führen und den Staat bestens zu verwalten.
4. Aber dadurch, dass Sokrates oft und oft (ganz häufig) nach den Lebensregeln fragte und solche erteilte, erregte er den Zorn der Leute so sehr, dass sie ihn bei den Richtern anklagten.
5. Die Bürger behaupteten, so wird überliefert [Es ist überliefert worden, dass die Bürger ...], dass Sokrates den Seelen der jungen Leute schade, indem er sie Neues (neue Dinge) lehre und sich nicht um die Sitten der Vorfahren kümmere.
6. Deshalb fällten die Richter das Urteil, dass Sokrates zum Tod verurteilt und in das Gefängnis abgeführt werden müsse.
7. Dort musste er bald den Giftbecher trinken.
8. Jener Philosoph genießt auch heute noch, wie es scheint, bei sehr vielen Menschen Bewunderung. [Es ist offensichtlich, dass ... genießt.]

8 Sokrates' Auftrag

1. Sokrates verweilte in Athen immer auf dem Marktplatz oder in der Sportschule [wanderte umher].
2. Dort hat er, wie man berichtet, durch Forschen und Fragen die Herzen der Mitbürger äußerst aufgeregt.
3. An allen Tagen war er bereit zum Gespräch mit den jungen Leuten über die menschlichen und göttlichen Dinge (... er bereit dazu, mit den jungen Leuten über das Menschliche und Göttliche zu sprechen.)
4. Er bewährte sich aber als guter Bürger sowohl, indem er sehr tapfer in der Schlacht kämpfte, als auch, indem er seine (politischen) Aufgaben mit Zuverlässigkeit erfüllte.
5. Er glaubte jedoch, dass er in besonderem Maße dazu geboren sei, Menschen zu belehren.
6. Deshalb versuchte er [bemühte er sich darum], die Menschen besser zu machen nicht durch (belehrende) Vorschriften, sondern durch ein möglichst gutes Beispiel.
7. Doch den früheren Philosophen stellte er sich mit seiner Lehre entgegen:
8. „Den Himmel darf man nicht untersuchen und auch die Sterne nicht betrachten [anschauen].
9. Das, was den Menschen angeht (Die menschlichen Dinge), aber muss man erforschen.
10. Was muss man für gut, für glücklich, für gerecht halten?
11. Wer muss als echter (wahrhaft menschlicher) Mensch bezeichnet werden?"
12. Deshalb ist von Sokrates, wie es scheint, die Philosophie vom Himmel auf die Erde herabgeholt worden.
    [Deshalb ist es offensichtlich, dass von Sokrates die Philosophie ... herabgeholt worden ist.]

9 **A) Keine Schonung für den Meister**

1. Marcellus, der Anführer der Römer, hat nach der Einnahme [Eroberung] von Syrakus die Soldaten ganz eindringlich aufgefordert [gemahnt]: „Archimedes muss auf jeden Fall geschont werden."
2. Er glaubte nämlich, dass jener Mann wegen seiner hervorragenden Erfindungskunst (Kunst des Erfindens) nicht sterben dürfe.
3. Dieser jedoch hatte, um die Stadt zu retten, ganz gewaltige Maschinen zur Verteidigung der Mauern gebaut und mit diesen die Feinde lange Zeit von der Stadt abgehalten (abgewehrt).
4. Dennoch sind die römischen Soldaten durch höchst tapferen Kampf in Syrakus eingedrungen.
5. Archimedes aber merkte, während er mit der Zeichnung von Figuren im Sand beschäftigt war, nicht, dass die Stadt eingenommen worden war.
6. Plötzlich tötete ihn ein römischer Soldat mit dem Schwert.
7. Archimedes aber hat, so wird berichtet, einen ganz grausamen Tod erlitten [auf sich genommen/ertragen].

B) **1** a) omnibus; b) liberis – **2** 1. Gesetze sind von den Menschen zu beachten; 2. Gesetze müssen von den Menschen beachtet werden; 3. Menschen müssen die Gesetze beachten. – **3** Hostes ab urbe arcendi sunt. Dominis semper parendum est. Legati pacis petendae causa venerunt. – **4** Genug der Worte; Welche Hilfe? – ★ **5** Im Infinitiv Präsens: Gleichzeitigkeit; im Infinitiv Perfekt: Vorzeitigkeit – **5** Genitiv der Teilung (Genitivus partitivus). Bei der Mahlzeit wird eine große Menge (an) Speisen gereicht. Der Genitiv der Teilung wird mit der Frage „wovon?" erschlossen. – **6** Äskulap/Asklepios; der Gott lässt sich durch das Attribut der Schlange, die sich um einen Stab windet, identifizieren. – **7** Sokrates hat „die Philosophie vom Himmel herabgeholt", d. h. er stellte als Erster ausschließlich den Menschen in den Mittelpunkt seines Erkenntnisstrebens und wurde so zum Begründer der Ethik.

10 **A) Sokrates' Protest**

1. Sokrates wusste, was die früheren Philosophen, indem sie die Natur mit Bedacht (Sorgfalt) anschauten, entdeckt hatten.
2. Doch er stellte sich ihnen mit höchster Disputierkunst (Kunst des Gesprächs) entgegen.
3. Denn sooft er auf dem Marktplatz oder in der Sportschule verweilte [herumwanderte], hat er oft und oft (ganz häufig) – so wird überliefert – mit den jungen Leuten so geredet (hat er, wie überliefert worden ist, ... so gesprochen):
4. „Die von jenen Philosophen erkannten Ursachen der Erscheinungen der Natur sind zur Führung eines glücklicheren, besseren und gerechteren Lebens in keiner Weise nützlich (Jener Philosophen Erkenntnis der Ursachen … ist in keiner Weise nützlich).
5. Deshalb dürft ihr dem Wissen dieser Männer da nicht Folge leisten [das Wissen … nicht annehmen].
6. Doch die Lehren derer, die sich darum bemühen, gute Sitten zu lehren, verdienen den Vorzug (sind vorzuziehen)."
7. Durch solche Reden aber hat Sokrates allem Anschein nach [offensichtlich] die Mitbürger (die Herzen der Mitbürger) in Aufregung gebracht.
8. Deshalb musste er, nachdem er zum Tode verurteilt worden war, durch den Giftbecher sterben.

B) **1** ad librum legendum: Gerundivum: Verbaladjektiv, gleiche Endung; defendendo: Gerundium: substantivierter Infinitiv im Ablativ, steht ohne Attribut; ad dicendum: Gerundium: steht ohne Attribut; in hostibus arcendis: Gerundivum: Verbaladjektiv, gleiche Endung – **2** solve → solvendum est – ★ **3** Der Infinitiv Präsens gibt die Gleichzeitigkeit einer Handlung mit dem übergeordneten Prädikat an, der Infinitiv Perfekt die Vorzeitigkeit. – **3** Der Infinitiv Präsens gibt die Gleichzeitigkeit einer Handlung mit dem übergeordneten Prädikat an, der Infinitiv Perfekt die Vorzeitigkeit. – **4** ars dicendi: Redekunst; facultas fugiendi: Fluchtmöglichkeit – **5** Archimedes erfand u. a. die nach ihm benannte Schraube, mit der Wasser nach oben befördert werden kann. Außerdem erklärte er als Erster wissenschaftlich die Hebelgesetze. – **6** Ärzte legen auch heute noch ein auf dem Hippokratischen Eid basierendes Gelöbnis ab, weil sie sich damit verpflichten, bestimmte ethische Gebote (z. B. stets Leben zu bewahren) einzuhalten. – **7** Falsche Informationen: Staatsform Monarchie, richtig: Demokratie; Tempel der Athene Pantheon, richtig: Parthenon; Bildhauer Sokrates, richtig: Phidias

11 **A) Hippokrates**

1. Hippokrates scheint der allerberühmteste Arzt gewesen zu sein.
   [Es ist offensichtlich, dass … gewesen ist.]
2. Denn er gab sowohl den Menschen Regeln zu einer gesunden Lebensführung als auch den Ärzten Regeln, die Kranken bestens zu heilen.
3. Um glücklich zu leben, muss der Mensch höchste Sorgfalt einsetzen, so schrieb er, nicht nur zur Übung der Körperkräfte, sondern auch zur Pflege des Körpers durch Enthaltsamkeit.
4. Er lehrte nämlich, dass man eine zu große Menge Wein vermeiden, aber ganz oft kaltes Wasser trinken solle.
5. Lange muss man sich auch auf dem Land aufhalten [… muss man … spazieren gehen].
6. Der Arzt muss den Kranken durch seine Heilkunst auf jede Art und Weise Hilfe bieten.
7. Über alle Dinge aber, die er im Haus des Kranken sieht oder hört, darf der Arzt mit anderen niemals sprechen, so lehrte er (schrieb er vor).

B) **1** B1, A2, C2 – **2** a) Die Freundin, die ich gesehen habe, … b) Möglichst viele waren da; c) Venus ist schöner als Minerva. – **3** Pokal: poculum, -i: der Becher; extrem: extremus, -a, -um: der/die/das äußerste – **4** wovon? – **5** Olympische Spiele der Antike: 776 v. Chr., der Neuzeit: 1896 – **6** Die Abbildung nimmt Bezug auf einen Ausspruch des Archimedes: „Gib mir einen Punkt, wo ich stehen kann, und ich bewege die Erde. Damit spielte er auf die Hebelgesetze und ihre universelle Gültigkeit an. – **7** Die innere Stimme des Sokrates („Daimonion“) war für ihn immer die innere Richtschnur, die ihn vor falschen Entscheidungen bewahrte. – **8** Aeskulap(ius)/Asklepios

★ 12 **A) Cicero gegen Verres**

1. „Du, Verres, hast wie ein Barbar aus Sizilien alle Kunstwerke zu rauben gewagt.
2. Doch vertraue nicht darauf, dass du ungestraft davonkommen wirst (davongekommen sein wirst)!
3. Keiner soll glauben, dass von ihm ein so großes Unrecht begangen werden könne, wie es dieser <Kerl> da begangen hat!
4. Was soll ich tun? Dich, übelste Kreatur (übelster Mensch), klage ich in dieser Kurie mit aller Schärfe (allem Nachdruck) an.
5. Senatoren, welch schändlichste Untaten (welche ganz schändliche Taten) hat dieses Scheusal (diese Bestie) den Bürgern Siziliens angetan!
6. Verurteilt ihn doch zu Tode oder verjagt ihn aus Italien!
7. Er soll nicht in sein Haus zurückkehren, sondern in das Gefängnis abgeführt werden!
8. Du, Verres, sollst in die Hölle verschwinden (hinabsteigen), wo dir die schlimmste Strafe auf ewig widerfahren soll (damit dir dort … widerfährt).

B) ★ **1** Optativ: Dicas; Deliberativ: (Verumne) dicam?; Prohibitiv: Ne veritus sis! – **1** omittere, omitto, omisi, omissum: außer Acht lassen, unterlassen; dedere, dedo, dedidi, deditum: ausliefern, übergeben; praeferre, praefero, praetuli, praelatum: vorziehen – **2** Weswegen ...? – Qua ex causa ...?; Willst du's wirklich wissen? – Verumne dicam? – **3** Ablativ des Ortes: toto mari; Ablativ des Mittels: tanta audacia – **4** Aus der Sicht des Piraten stimmt diese Aussage: Beide, Alexander und der Pirat, machen den ganzen Erdkreis unsicher *(totum orbem terrarum intutum facere)*, der Pirat durch seine Beutezüge, Alexander durch seine Eroberungen. Nur in der Bezeichnung gibt es Unterschiede: Der Pirat wird als Verbrecher *(latro)* bezeichnet, Alexander als Feldherr *(imperator)*. – ★ **5** Der Konjunktiv Präsens in Aussage- bzw. Aufforderungssätzen kann eine Möglichkeit, einen Befehl, eine Aufforderung oder einen Wunsch ausdrücken. – **5** tolerieren: tolerare: ertragen; Region: regio, -onis: die Gegend – **6** inventio/Stoffsammlung; dispositio/Gliederung; elocutio/Ausformulierung; memoria/Auswendiglernen; pronuntiatio/Vortrag – **7** Mit dem Spruch *fiat lux!* könnte z. B. eine Firma für Leuchtmittel oder Lampen werben, da es durch ihre Leuchtmittel, LEDs etc. „Licht wird“.

★ 13 **Cicero – ein begehrter Anwalt**

1. Dass Cicero der bei Weitem bessere Redner als alle anderen gewesen ist, wussten damals alle.
2. Einmal aber haben die Sikuler den Entschluss gefasst, sich an jenen Mann zu wenden, damit er den Prozess gegen den Statthalter Verres übernehme.
3. Denn die Sikuler glaubten fest daran (vertrauten darauf), dass kein anderer Redner darin, die Gemüter durch eine Rede zu beeindrucken, hervorragender (besser) sei als Cicero.
4. Während sie in Rom verweilten, haben jene, so wird berichtet, dem Redner von ihrer äußerst elenden Lage (von ihrem … Schicksal) erzählt.
5. Und sie sagten: „Was sollen wir tun? Lass uns bitte nicht im Stich! Es möge jemand unserem Volk Hilfe leisten!“
6. Darauf hat Cicero Folgendes gesagt:
7. „Niemand soll glauben, dass irgendein anderer Römer jemals einen solchen Grad von Unmenschlichkeit erreichen kann, welchen dieser Barbar da erreicht hat!
8. Dieser Verres da ist, so scheint es, geradezu (gleichsam) eine Bestie. Verzweifelt nicht! Euch soll Gerechtigkeit geschehen!“
9. In der Tat hat er, indem er die gewaltigen Verbrechen des Verres zur Anklage brachte, die Sikuler von Verres befreit.

13 Cicero – ein begehrter Anwalt

1. Alle wussten damals, dass Cicero ein bei Weitem besserer Redner als alle anderen gewesen ist.
2. Einmal aber haben die Sikuler den Entschluss gefasst, sich an jenen Mann zu wenden (mit dem Anliegen), dass er den Prozess gegen den Statthalter Verres übernehme.
3. Und die Sikuler glaubten, dass kein Redner Cicero darin überlegen sei, auf die Gemüter der Menschen durch eine Rede Eindruck zu erwecken (dass kein Redner besser sei … als Cicero).
4. Während sie sich in Rom befinden, haben sie, so berichtet man, jenem Redner von ihrer äußerst elenden Lage (von ihrem … Schicksal) erzählt.
5. Und sie sagten: „Wir wissen nicht, was wir machen sollen. Wir erbitten von dir, dass du uns nicht im Stich lässt. Wir wünschen, dass jemand unserem Volk Hilfe leistet."
6. Darauf sagte Cicero Folgendes:
7. „Niemand darf (soll) glauben, dass irgendein anderer Römer jemals auf dieselbe Stufe der Unmenschlichkeit hoch gelangen könne, auf die dieser da gelangt ist.
8. Offensichtlich ist dieser Verres da geradezu (gleichsam) eine Bestie.
9. Ich verlange, dass ihr nicht verzweifelt, und bitte, dass euch Gerechtigkeit widerfährt (gegeben wird)."
10. In der Tat hat er, indem er die gewaltigen Verbrechen des Verres zur Anklage brachte, die Sikuler von Verres befreit.

★ 14 Philosophie für einen jungen Römer

1. Die meisten adeligen Römer waren gewohnt, ihren Söhnen Folgendes zu sagen:
2. „Es geziemt sich für euch, euch um die Lektüre der Bücher griechischer Philosophen zu bemühen.
3. Deshalb zögert nicht, dasselbe Wissen zu erlangen, welches den griechischen jungen Leuten von Nutzen war!
4. Niemand soll glauben, dass irgendein junger Römer, indem er nichts studiert (sich um nichts bemüht), die Stufen der Ehrenämter ersteigen werde!
5. Kaum jemals ist es geschehen, dass irgendein Mann, obwohl er sich weder der Kunst der Rede noch dem Studium der Philosophie gewidmet hatte, trotzdem Konsul wurde.
6. Also folgt <bitte> jenen, die durch Nachahmen der Griechen voll von Wissen geworden sind!
7. Vertraut nicht allein dem Ansehen und dem Geld eurer Väter!
8. Falsch ist jenes, was dieser Epikur da zu lehren gewagt hat: ‚Lasst uns den Tag genießen! Lasst uns die Aufgaben des Staates vernachlässigen (missachten)!'"

14 Philosophie für einen jungen Römer

1. Die meisten adeligen Römer waren gewohnt, ihren Söhnen Folgendes zu sagen:
2. „Es geziemt sich für euch, euch um die Lektüre der Bücher griechischer Philosophen zu bemühen.
3. Deshalb verlange ich von euch, dass ihr nicht zögert, dasselbe Wissen zu erlangen, welches den griechischen jungen Leuten von Nutzen war!
4. Ich verlange, dass niemand glaubt, dass irgendein junger Römer, indem er nichts studiert (sich um nichts bemüht), die Stufen der Ehrenämter ersteigen werde.
5. Kaum jemals ist es geschehen, dass irgendein Mann, obwohl er sich weder der Kunst der Rede noch dem Studium der Philosophie gewidmet hatte, trotzdem Konsul wurde.
6. Also bitte ich euch, jenen gleich zu sein, die durch das Lernen der Wissenschaften der Griechen voll von Wissen geworden sind!
7. Vertraut bitte nicht allein dem Ansehen und dem Geld eurer Väter! (Ich bitte euch, dass ihr nicht … vertraut.)
8. Falsch ist jenes, was dieser Epikur da gelehrt hat: ‚Ich gebiete euch (schreibe euch vor), den Tag zu genießen und euch nicht um die Aufgaben des Staates zu kümmern.'"

★ 15 **A) Philosophenstreit**

1. Einmal haben sich Pythagoras und Demokrit, hochberühmte Philosophen, ganz heftig miteinander über die Grundstoffe der Natur gestritten, wie überliefert wird.
2. Pythagoras hat gesagt: „Glaube mir <bitte>, Demokrit, der Grundstoff der Natur ist die Zahl!“
3. Demokrit hat geantwortet: „Warum soll ich nicht sagen, dass du Falsches lehrst? Es soll ja niemand deiner Auffassung sicher glauben (vertrauen)!“
4. Pythagoras sagte: „Keineswegs wird es dir gelingen, dass du die Wahrheit sagst.
5. Ich habe erkannt: Die ganze Welt ist aus denselben Grundstoffen, d.h. aus Zahlen entstanden.“
6. Demokrit: „Verachte nicht mein Genie, das größer ist als deines!
7. Durch Zufall ist es geschehen, dass aus verschiedenen Stoffen der Materie gleichsam die ganze Welt entstand.“

15 **A) Philosophenstreit**

1. Einmal haben sich Pythagoras und Demokrit, hochberühmte Philosophen, ganz heftig miteinander über die Grundstoffe der Natur gestritten.
2. Pythagoras (hat gesagt): „Ich bitte dich, mir zu glauben, Demokrit, dass der Grundstoff der Natur die Zahl ist.“
3. Demokrit hat geantwortet: „Warum darf ich nicht sagen, dass du Falsches lehrst? Man muss fordern, dass niemand deiner Auffassung glaubt.“
4. Pythagoras sagte: „Keineswegs wird es dir gelingen, dass du die Wahrheit sagst.
5. Ich habe erkannt: Die ganze Welt besteht aus denselben Grundstoffen, d.h. aus Zahlen.“
6. Demokrit: „Ich verlange von dir, mein Genie nicht zu verachten, das größer ist als deines!
7. Durch Zufall ist es geschehen, dass aus verschiedenen Stoffen der Materie gleichsam die ganze Welt besteht.“

B) ★ **1** Cur abeam?: Deliberativ; Warum soll ich weggehen?; Abeamus!: Hortativ; Lasst uns weggehen!; Ne abieris!: Prohibitiv: Geh nicht weg! – **1** ad philosophiam docendam: Gerundivum: Verbaladjektiv, gleiche Endung; contemnendo: Gerundium; substantivierter Infinitiv im Ablativ, steht ohne Attribut; corpus exercendum est: Gerundivum; Verbaladjektiv, gleiche Endung – **2** *hic, haec, hoc* verweist auf etwas, das unmittelbar vor einem liegt, auf das man gleichsam mit dem Finger zeigen kann; Bedeutung: dieser, diese, dieses; *idem, eadem, idem* verweist deutlich auf eine Sache, betont aber, dass es der-, die-, dasselbe ist. – ★ **3** *aliquis* wird in allen Aussagesätzen im Hauptsatz verwendet; *quis* wird in Sätzen verwendet, die mit *si, nisi, ne* oder *num* eigeleitet werden. – **3** Konfirmation: confirmare: (be)stärken; Fakten: facere (PPP: factum): „Getanes“, Tatsachen – **4** Durch die Betrachtung der Natur ...; Dadurch, dass sie die Natur betrachten, ...; Durch Naturbetrachtung ... – ★ **5** Ein Semideponens ist ein Verb, das entweder nur im Präsensstamm oder nur im Perfektstamm die Merkmale eines Deponens zeigt. – **5** Zum Beispiel Stoa, Epikureer, Kyniker – **6** Es handelt sich um den kynischen Philosophen Diogenes, der der Legende gemäß in einem Fass gelebt haben soll. Er predigte größtmögliche Bedürfnislosigkeit, weshalb er nur mit einem ganz schlichten Gewand dargestellt ist. Die Hunde spielen auf den Spitznamen des Diogenes „Hund“ an. – **7** repeat: repetere: wiederholen; server: servire: dienen; confidence: confidere: vertrauen

★ 16 **A) Perikles, Athens größter Redner**

1. Die Griechen sollen die hochangesehene Kunst des Redens erfunden haben.
2. In Athen gab es gewiss viele ganz berühmte Männer, die Reden gehalten haben, die bestens geschrieben und voller höchst herausragender Formulierungen (Wörter) waren.
3. Unter ihnen war Perikles, jener größte Staatsführer, der gewohnt war, mit höchster Energie im Ratsgebäude der Athener zu sprechen.

4. Niemand soll glauben, dass irgendein anderer Redner der Athener dieselbe Redekunst angewandt hat wie (welche) jener äußerst bedeutende Mann (angewandt hat).
5. Wie höchst unglücklich geschah es, dass auch Perikles durch diese ganz schlimme Pest sterben musste!
6. Deshalb ist es damals dazu gekommen (geschehen), dass wiederum die schändlichsten Männer in Athen Tyrannen wurden.
7. Wollen wir also längere Zeit die Erinnerung an Perikles wachhalten (uns an … erinnern)!

16 A) **Perikles, Athens größter Redner**

1. Die Griechen haben, wie man berichtet, die hochangesehene Kunst des Redens erfunden.
2. In Athen gab es gewiss viele ganz berühmte Männer, die Reden gehalten haben, die bestens geschrieben und voller höchst herausragender Formulierungen (Wörter) waren.
3. Unter ihnen war Perikles, jener größte Staatsführer, der gewohnt war, mit höchster Energie im Ratsgebäude der Athener zu reden.
4. Niemand darf glauben, dass irgendein anderer Redner der Athener dieselbe Redekunst (besessen) hatte wie (welche) jener äußerst bedeutende Mann (hatte).
5. Wie höchst unglücklich geschah es, dass auch Perikles durch diese ganz schlimme Pest umkommen musste!
6. Deshalb sind damals wiederum ganz schändliche (verkommene) Männer in Athen als Tyrannen aufgetreten (Tyrannen gewesen).
7. Ich bitte also <darum>, dass wir längere Zeit die Erinnerung an Perikles wachhalten (uns an … erinnern).

B) ★ **1** aliquorum amicorum; alicui amicae – **1** horum amicorum; huic amicae – **2** a) Magistri ... audiendi sunt.: Gerundivum-N; Gerundivum (Verbaladjektiv, KNG-Kongruenz) mit einer Form von *esse*; b) Ars dicendi: Gerundium; substantivierter Infinitiv – **3** Stilmittel: z. B. Alliteration: **V**eni, **v**idi, **v**ici; Asyndeton: Veni**,** vidi**,** vici; Klimax: inhaltliche Steigerung – ★ **4** Ein Demonstrativ-Pronomen verweist auf etwas, das unmittelbar vor einem liegt (dieser, diese, dieses), ein Indefinit-Pronomen gibt eine unbestimmte Angabe (irgendeiner, -eine, -eines) – **4** Das griechische Wort *philosophia* bedeutet die Liebe zur Weisheit. – **5** Glücklich werden kann nur der, der moralisch und gemäß der Natur lebt; Ablehnung von Luxus, Macht, Bildung etc.; Ermahnen der Mitmenschen (oft in provokativer Form), sich nicht von äußeren Zwängen leiten zu lassen. – **6** Man will z. B. als Politiker seine Gegner beeindrucken und überzeugen; man will z. B. als Anwalt die Richter im Sinne des eigenen Mandanten überzeugen. – **7** Cicero; die Statue zeigt ihn als großartigen Redner, der sein Publikum durch die Macht der Rede, aber auch der Gestik zu überzeugen wusste (Geste des linken Arms).

★ **17** A) **Was macht einen Stoiker glücklich?**

1. Wie führen die Stoiker ihr Leben, sodass sie sich glücklicher vorkommen als alle anderen (sodass sie sich glücklicher zu sein scheinen …)?
2. Das Unglück ertragen sie mit derselben Gelassenheit des Herzens, wie (mit der) sie das Glück annehmen.
3. Untereinander ermahnen sie sich so: „Lasst uns die Gaben des Geldes gering achten! Jagt nicht denselben Vergnügungen nach (Folgt nicht …), wie sie (welche) die meisten zu genießen (erlangen) versuchen!
4. Niemand soll der falschen Meinung derer glauben, die sagen, dass sie nur für sich geboren sind!
5. Wer weiß wohl nicht, dass die ganze Welt gleichsam unser Vaterland ist?
6. Wollen wir darauf vertrauen, dass wir von den Göttern hergekommen (entstanden) sind und dass wir zu den Göttern zurückkehren werden!“

7. Die Stoiker scheinen für wahr (gewiss) die ersten Bürger der ganzen Welt (Kosmopoliten) gewesen zu sein und die Götter in der <Menschen->Liebe nachgeahmt zu haben.

17 **A) Was macht einen Stoiker glücklich?**

1. Wie führen die Stoiker ihr Leben, sodass sie meinen, sie seien glücklicher als alle anderen?
2. Das Unglück ertragen sie mit derselben Gelassenheit des Herzens, wie (mit der) sie das Glück annehmen.
3. Untereinander ermahnen sie sich, dass sie die Gaben des Geldes gering achten und nicht dieselben Vergnügungen zu erlangen streben, wie sie (welche) die meisten zu genießen (erlangen) versuchen.
4. Man muss dafür beten (darum bitten), dass niemand der falschen Meinung derer glaubt, die sagen, dass sie nur für sich geboren sind.
5. Ich mache mir Gedanken darüber, wer nicht weiß, dass die ganze Welt gleichsam unser Vaterland ist.
6. Ich setze mich dafür ein (rate), dass wir darauf vertrauen, dass wir von den Göttern hergekommen (entstanden) sind und dass wir zu den Göttern zurückkehren werden.“
7. Die Stoiker aber sind offensichtlich die ersten Bürger der ganzen Welt (Kosmopoliten) gewesen und haben den Göttern in der <Menschen->Liebe gleichkommen wollen.

B) **1** plurima; acerrima; optimos – **2** cupiditate vini bibendi: durch das Begehren, Wein zu trinken; vinum mihi vitandum esse: dass Wein von mir gemieden werden muss – ★ **3** aliquo; aliquid; aliquos; quis – **3** Superlativformen → Positivformen: plurima → multa; acerrima → acri; optimos → bonos – **4** Der *vir nobilis* sucht nach einer Lösung, weiterhin Wein zu trinken, auch wenn es ihm die Ärzte verboten haben. – **5** Zum Beispiel: Weingenuss trotz Krankheit – **6** Krankheiten gehören nun einmal zum Leben. Trage also diese Situation mit Gleichmut, sie wird bald wieder vorbei sein. Dinge wie Weingenuss gehören zu den Dingen, die nicht wichtig im Leben sind. Man kann daher gut darauf verzichten und trotzdem das Leben genießen. – **7** Zum Beispiel Epikureer, Kyniker

★ 18 **Lebe in den Tag hinein!**

1. Ein gewisser Epikureer soll ungefähr Folgendes geschrieben haben: „Genieße den Tag!
2. Hör doch damit auf, dich immer um den morgigen Tag zu kümmern!
3. Lasst uns aber gerade die Dinge genießen, die der heutige Tag uns bietet (bringt)!
4. Denk nicht an eine Krankheit, an eine Niederlage, an eine Katastrophe, welche in der folgenden Zeit sowohl anderen als auch dir selbst bevorstehen können!
5. Niemand soll bestimmte Menschen nachahmen, die vom ewigen Neid gegenüber irgendwelchen Leuten geplagt werden!
6. Vertraue nicht der Meinung derer, die behaupten (sagen), dass das Leben durch Enthaltsamkeit glücklicher würde!
7. Strebe jedoch allein danach, dass du dadurch, dass du möglichst große Vergnügungen genießt, ein glücklicheres Leben führst als alle anderen!
8. Manche behaupten, dass nicht nur der Greis die Erinnerung an den Tod wachhalten soll.
9. Vertraue ihnen nicht! Klage niemals selbst!
10. Du selbst musst entscheiden, was dir guttut (dir von Nutzen ist).
11. Was also sollen wir tun? Wollen wir immer an dasselbe denken, (nämlich) dass wir noch am Leben sind!“

18 Lebe in den Tag hinein!

1. Einer der Epikureer hat, wie man berichtet, ungefähr Folgendes geschrieben: „Genieße den Tag!
2. Ich rate dir, damit aufzuhören, dich immer um den morgigen Tag zu kümmern.
3. Warum wollen wir nicht bloß gerade die Dinge genießen, die der heutige Tag uns bietet (bringt)?
4. Ich verlange, dass du niemals an eine Krankheit, an eine Niederlage, an eine Katastrophe denkst, welche in der folgenden Zeit sowohl anderen als auch dir selbst bevorstehen können.
5. Es ist zu fordern, dass niemand den Leuten da gleich sein will, die vom dauernden Neid gegenüber irgendwelchen Leuten geplagt werden!
6. Sorge dafür, dass du nicht der Meinung derer vertraust, die behaupten, dass das Leben durch Enthaltsamkeit glücklicher sei!
7. Strebe jedoch allein danach, dass du dadurch, dass du möglichst große Vergnügungen genießt, ein glücklicheres Leben führst als alle anderen!
8. Manche behaupten, dass nicht nur der Greis die Erinnerung an den Tod wachhalten soll.
9. Ich ermahne dich, dass du diesen nicht vertraust. Auch bitte ich dich, dass du selbst niemals über das Schicksal deines Lebens traurig bist.
10. Du selbst musst entscheiden, was dir guttut (von Nutzen ist).
11. Wir fragen also, was wir tun sollen. Ich rate dir, dass wir immer an dasselbe denken, (nämlich) dass wir noch am Leben sind."

19 A) Die Macht des Schicksals

1. Ödipus hatte sich einmal (zu einer bestimmten Zeit) an das Orakel gewandt in der Absicht (begierig danach), seine Eltern kennenzulernen.
2. Doch dort erfuhr er, dass er selbst <seinen> Vater töten und die Mutter zur Frau nehmen werde.
3. Völlig erschrocken dachte Ödipus: „Ich bin edel (ein edler Mensch) und will kein Verbrechen begehen."
4. Sofort ist er, so wird berichtet, von der Heimatstadt weggegangen und nach Theben gereist (gezogen).
5. Auf der Reise (Auf dem Marsch) ist er aber (bestimmten) Männern begegnet.
6. Einer von diesen schrie: „Du musst aus dem Weg gehen. Wenn du mir nicht gehorchst (gehorchen wirst), wirst du sterben [zugrunde gehen].
7. Zornentbrannt (Vom Zorn gepackt) schlug Ödipus den alten Mann so, dass dieser selbst starb [ums Leben kam].
8. Der aber war sein Vater Laios.
9. Doch Ödipus gelang es nicht, seinem eigenen Schicksal zu entgehen.

B) **1** servi contempti: Partizip: verachtete Sklaven; oracula consulenda sunt: Gerundivum-N: Orakel müssen befragt werden; labores conficiendi erant: Gerundivum-N: Die Arbeiten mussten erledigt werden; liberi labores fugientes: Partizip: Kinder, die sich vor Arbeiten drücken/fliehen; auch: weil die Kinder ... – ★ **2** fungi, fungor, functus sum; queri, queror, questus sum; aggredi, aggredior, aggressus sum – **2** retineo, retinui, retentum; effodio, effodi, effossum; excedo, excessi, excessum – **3** iuvenis ↔ senex; superior ↔ inferior – **4** Das Demonstrativ-Pronomen *ipse, ipsa, ipsum* verstärkt die Aussage durch die Bedeutung „selbst"; d. h. niemand anderer als die Person, auf die sich *ipse, ipsa, ipsum* bezieht, ist gemeint. – **5** Der Dativ gibt den „Urheber" einer Handlung, den Handelnden an; Dativus auctoris – **6** Zum Beispiel Asyndeton: Die Verben sind nur durch Kommata verbunden; Steigerung/Klimax: Die Bedeutung der Verben wird immer drastischer; Alliteration: gleiche Anfangsbuchstaben – **7** Das Paragraphenzeichen ist die Abkürzung für *signum sectionis* (Unterteilungszeichen). Die beiden Anfangsbuchstaben „s" „s" wurden dann über- bzw. ineinander geschrieben.

★ 20 Plinius ruft zur Hilfeleistung auf

1. Zu einer bestimmten Zeit (Einmal) betrachtete Plinius, im Verlangen, die Natur zu erforschen (kennenzulernen), schon mehrere Tage lang den Feuer speienden Vesuv.
2. Doch als bereits Bekannte aus dieser Gegend, um Hilfe zu erbitten, gekommen waren, glaubte er, dass er selbst nicht <mehr> länger in Misenum verweilen dürfe.
3. Plinius beschloss, zusammen mit Soldaten Hilfe zu bringen. Manche, die noch zögerten, trieb er an, dass sie mit ihm loszogen (aufbrächen), wobei er folgende Rede hielt (gebrauchte):
4. „Tapferste Soldaten, ihr wart alle, als äußerste Gefahren drohten, gewöhnlich selbst dazu bereit (wart selbst gewohnt, dazu bereit zu sein), dieselben guten Beispiele der Vorfahren nachzuahmen.
5. Deshalb folgt mir <bitte> in der Erfüllung eurer Pflichten!
6. Lasst nicht die Menschen im Stich, die von solch einer Katastrophe heimgesucht worden sind!
7. Deshalb lasst uns, nachdem die ganze Stadt vernichtet ist, den ganz unglücklichen Bürgern beistehen im Vertrauen auf (unser) Glück!
8. Erinnert euch an (Vergegenwärtigt euch) jenes bekannte Wort: ‚Das Schicksal steht den Tüchtigen bei‘!“

20 Plinius ruft zur Hilfeleistung auf

1. Zu einer bestimmten Zeit (Einmal) betrachtete Plinius, im Verlangen, die Natur zu erforschen (kennenzulernen), schon mehrere Tage lang den Feuer speienden Vesuv.
2. Doch als bereits Bekannte aus dieser Gegend, um Hilfe zu erbitten, gekommen waren, glaubte er, dass er selbst nicht <mehr> länger in Misenum bleiben dürfe.
3. Plinius beschloss, zusammen mit Soldaten Hilfe zu bringen. Manche, die noch zögerten, trieb er an, dass sie mit ihm gingen, wobei er folgende Rede gehalten hat:
4. „Tapferste Soldaten, ihr wart alle, als äußerste Gefahren drohten, gewöhnlich selbst dazu bereit (wart alle selbst gewohnt, dazu bereit zu sein), dieselben guten Beispiele zu geben (leisten), die die Vorfahren gegeben (geleistet) haben.
5. Deshalb verlange ich, dass ihr mir gleich (ebenbürtig) seid in der Erfüllung der Pflichten.
6. Ich bitte euch, dass ihr die Menschen, die von solch einer Katastrophe heimgesucht worden sind, nicht im Stich lasst.
7. Deshalb stehen wir, das verlange ich von euch, nachdem die ganze Stadt vernichtet ist, den ganz unglücklichen Bürgern bei im Vertrauen auf (unser) Glück!
8. Es ist zu wünschen, dass ihr euch an jenes Wort erinnert (das ihr euch … vergegenwärtigt): ‚Das Schicksal steht den Tüchtigen bei‘.“

★ 21 A) Beim Ausbruch des Vesuvs

1. Als der Vesuv (der Berg Vesuv) größte Feuer ausspuckte, hat eines Tages (an einem bestimmten Tag) der Onkel den Gaius Plinius aufgefordert, dass er mit ihm zusammen dieses Schauspiel betrachten solle.
2. Jener aber soll die Gelegenheit, auf dem Meer zu fahren, abgelehnt haben (… hat, wie man berichtet, … abgelehnt), weil er, eifrig darum bemüht, die Zeit für Studien zu verwenden, nicht aus dem Haus gehen wollte .
3. Als aber allmählich die schwarze Asche die Häuser bedeckte, versuchte die Mutter mit Gaius so zu sprechen:
4. „Furcht scheint dich von der Flucht abzuhalten. Bald aber wirst du keine Möglichkeit zu fliehen <mehr> haben.
5. Da schon fast die ganze Stadt durch die Flammen vernichtet ist, musst du fliehen.
6. Nütze die letzte Gelegenheit! Ich selbst will (werde) hier sterben.“

7. Plinius hat, wie überliefert wird, erzürnt geantwortet: „Ich werde den Fliehenden nur zusammen mit dir folgen.“

21 **A) Beim Ausbruch des Vesuvs**

1. Als der Vesuv (der Berg Vesuv) größte Feuer ausspuckte, hat eines Tages (an einem bestimmten Tag) der Onkel den Gaius Plinius aufgefordert, dass er mit ihm zusammen dieses Schauspiel betrachten solle.
2. Jener aber hat, wie man berichtet, die Gelegenheit, zum Meer zu gehen, abgelehnt, weil er, eifrig darum bemüht, die Zeit für Studien zu verwenden, nicht aus dem Haus gehen wollte.
3. Als aber allmählich die schwarze Asche die Häuser bedeckte, versuchte die Mutter mit Gaius so zu sprechen:
4. „Ich glaube, dass du aus Furcht (von Furcht ergriffen) zögerst. Bald aber wirst du keine Möglichkeit zu fliehen <mehr> haben.
5. Da schon fast die ganze Stadt vernichtet ist, musst du fliehen.
6. Dies ist die letzte Gelegenheit! Ich selbst will (werde) hier den Tod erleiden.“
7. Plinius hat, wie überliefert ist, erzürnt geantwortet: „Ich werde nur zusammen mit dir unter den Fliehenden sein.“

B) **1** a) fuisse: vorzeitig: mit dem Infinitiv wird eine Tatsache vor unserer Zeit beschrieben; b) esse: gleichzeitig: Infinitivhandlung erfolgt zur gleichen Zeit wie die Handlung des Prädikats. – **2** Domino parendum est; Praecepta neglegenda non sunt. – **3** a) weil die Menschen ... erschreckt (worden) waren; b) nachdem die Menschen ... erschreckt (worden) waren – **4** ultimativ: ultimus, -a, -um: der, die, das äußerste; Qualität: qualis, -e: wie beschaffen – **5** Bauen mit Beton, lateinisch *opus caementicium*, war weniger aufwendig als das Bauen mit Naturstein und ging auch schneller. Außerdem konnte man mit dieser Bauweise wesentlich größere Gewölbespannweiten erreichen. – **6** Dinge des Alltags waren durch den Asche- bzw. Bimssteinregen luftdicht abgeschlossen und konnten daher nicht verfaulen oder verfallen. – **7** Zwölftafelgesetz (lex XII tabularum), Codex Iustinianus – **8** a) Anapher; b) Chiasmus

22 **A) Auf der Suche nach Wahrheit**

1. Die Philosophen sind, obwohl die Wahrheit verborgen ist, dennoch immer darauf aus (begierig danach), die wahren Ursachen der Dinge zu erkennen.
2. Wer leugnet jedoch, dass ein erheblicher (viel) Unterschied besteht zwischen den Dingen, die man sieht, und den Dingen, die durch Nachdenken gefunden werden?
3. Doch auch die Natur selbst bietet Dinge, die sich im höchsten Maße voneinander unterscheiden, wie Wasser und Feuer.
4. Man muss also danach forschen (fragen), was der Unterschied zwischen Menschen und Tieren ist.
5. Jene, so sagt man, verbringen ihr Leben mithilfe der Vernunft, diese leben nur dem Bauch ergeben (durch Hingabe an ihren Bauch).
   [Jene, so glauben wir, verbringen ihr Leben mithilfe der Vernunft, diese leben nur dem Bauch ergeben.]
6. Dagegen behaupten manche (bestimmte) Philosophen, nachdem sie höchste Sorgfalt bei der Betrachtung der Natur (der Dinge der Natur) angewendet haben, dass kein Unterschied zwischen Menschen und Tieren bestehe, da auch sehr viele Menschen scheinbar (allem Anschein nach) nur dem Bauch zu Diensten sind [da auch sehr viele Menschen offensichtlich nur dem Bauch zu Diensten sind].

B) **1** Tito imperatore: zur Zeit des Kaisers Titus / als Titus Kaiser war; civitate ... oppressa: weil/als der Staat/die Bürgerschaft unterdrückt wurde - **2** res adversae; calamitatibus - **3** consolando: Ablativ, Gerundium; auxilio praestando: Ablativ, Gerundivum - **4** Titus wollte den Bürgern angesichts der vielen und schweren Unglücksfälle helfen, musste aber darauf achten, dass er den Bürgern nicht zu viel bzw. Dinge versprach, die er nicht einhalten konnte. - **5** Aus moderner Sicht kann man die Katastrophe als Glücksfall bezeichnen, weil man dadurch einen einzigartigen Einblick in das (Alltags-)Leben der Römer gewinnt, was ohne das Unglück nicht möglich gewesen wäre. - **6** Es handelt sich um eine der zahlreichen Garküchen (Thermopolium), in der kalte und warme Speisen an die Bürger von Pompeji verkauft wurden.